Gisela Albrecht

Die Zukunft liegt hinter uns

Ein Ederseekrimi

VERRAI-VERLAG
Stuttgart

Bibliografische Information der
Deutschen Nationalbibliothek:
Die Deutsche Nationalbibliothek verzeichnet diese
Publikation in der Deutschen Nationalbibliografie;
detaillierte bibliografische Daten sind im
Internet über http://dnb.d-nb.de abrufbar.

1. Auflage Dezember 2017

https://verrai-verlag.de

Umschlaggestaltung:
ehrle studios Werbeagentur GmbH

Titelbild und Illustration:
Heike Scherbaum-Rumpf

Bildquellen:
Miro Novak/shutterstock.com
majivecka/shutterstock.com

Printed in Germany
ISBN 978-3-946834-40-3

Gisela Albrecht

geboren 1955 in Frankfurt am Main, ist Lehrerin.
Sie ist verheiratet, hat zwei erwachsene Kinder und einen Enkel.
Seit 1981 wohnt sie in Waldeck-Sachsenhausen.
Angeregt durch die Lektüre von zahlreichen regionalen Krimis an verschiedenen Urlaubsorten entstand die Idee für einen Kriminalroman, der an authentischen Plätzen in der Ferienregion Waldeck spielt.

KORBACH
HEINERINGHS.
B 252
VÖHL
ASEL
BRÜCKE
NATIONALPARK
EDER
FRANKENBERG

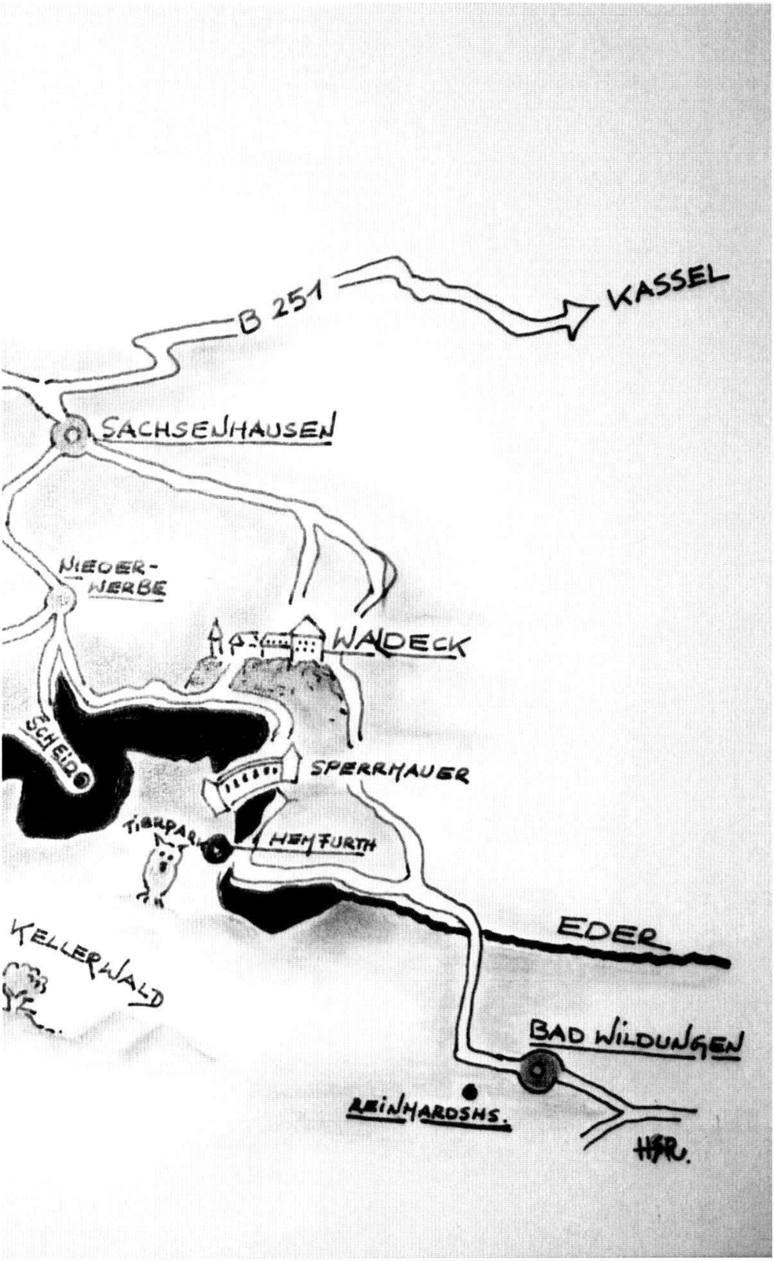
B 251
KASSEL
SACHSENHAUSEN
NIEDER-
WERBE
WALDECK
SCHEID
SPERRMAUER
TIERPARK
HEMFURTH
EDER
KELLERWALD
BAD WILDUNGEN
REINHARDSHS.
HSR.

Die wichtigsten Personen:

Frank Hartinger	Chirurg aus Bad Wildungen
Regine Hartinger	seine Ehefrau
Tanja Rulberg	seine Geliebte aus Freiburg
Harald Walesch	ehemaliger Patient von Frank Hartinger
Irene Walesch	seine Ehefrau
Erik Seltsam	Kommissar aus Korbach

Tanja weinte. Mit tränenverschleiertem Blick schaute sie auf die langsam untergehende Sonne. Noch immer war es sommerlich warm und sie hörte die Vögel, die in den Bäumen ihr Abendlied zwitscherten. Welch ein idyllisches Plätzchen war das doch hier! Aber für sie würde es hier der letzte Abend sein! Ihr Entschluss stand jetzt fest ...

Erleichtert bog Tanja in die Einfahrt zur Pension ab. Acht volle Stunden Autofahrt hatte sie hinter sich, nur von zwei kurzen Pausen unterbrochen. Die letzten 45 Minuten hatten sich endlos gezogen. Sie hatte keinen Blick mehr gehabt für die Idylle des Edersees, der auch in der Nacht nichts verloren hatte von seiner geheimnisvollen Schönheit. Wenigstens waren um diese Zeit keine Motorräder unterwegs, die sich tagsüber hier auf der kurvigen Randstraße oftmals rasante Rennen lieferten!

Die freundliche Wirtin in der Waldecker Pension hatte ihr Ankommen bemerkt und begrüßte sie herzlich. Dann zeigte sie Tanja ihr Zimmer. Es war gemütlich und geräumig, eine Flasche Waldecker Sprudel stand auf dem Tisch und ein kleines Stückchen Schokolade lag auf dem Kopfkissen des breiten Bettes.

„Brauchen Sie noch etwas, Frau Rulberg?“, fragte sie. Aber Tanja schüttelte den Kopf, und die Wirtin entfernte sich leise.

Endlich angekommen! Mal wieder hier im Waldecker Land – wie schon so oft in den letzten drei Jahren. Und immer in einer anderen Unterkunft, um nicht zu sehr aufzufallen ...

Tanja legte den Koffer aufs Bett, streifte sich die Schuhe von den Füßen und griff nach ihrem Handy. „Bin da“, schrieb sie. Mehr nicht. Dann ging sie ins Bad. Als sie das heiße Wasser der Dusche auf ihrem Körper spürte, atmete sie tief durch ...

Frank Hartinger hatte das Vibrieren seines Handys wahrgenommen. Neben ihm lag seine Frau und atmete regelmäßig und ruhig. Frank setzte sich im Bett auf und las die Nachricht. Er lächelte. Noch immer war es ein überwältigendes Gefühl, wenn er an Tanja dachte, die er vor drei Jahren bei einer Ärztetagung in Hannover kennengelernt hatte. Sie war in Begleitung ihres Chefs dagewesen, und sie hatte ihn vom ersten Moment an fasziniert. Ihre braunen Locken, die unverschämt blauen Augen und vor allem ihr ansteckendes Lachen hatten ihn in den Bann gezogen, seit sie sich das erste Mal gegenübergestanden hatten. Als sich ihm schließlich die Gelegenheit geboten hatte, sie zum Essen einzuladen, hatte sie nicht einen Moment gezögert. Es war klar, dass auch sie den Zauber spürte, der sie beide umgab. Und sie hatten ihm ohne Reue nachgegeben.

Als sie später nach Hause zurückgekehrt waren, sie nach Freiburg und er nach Bad Wildungen, hatten sie die Verbindung aufrechterhalten. So oft es ging, kam Tanja nach Nordhessen gereist, um einige Tage mit ihm zu verbringen. Und immer genossen sie die gemeinsame Zeit!

Frank schaute auf Regine, die sich leise im Schlaf bewegte. Dann stand er auf und ging zu seinem Schreibtisch. Wieder spürte er die unbändige Sehnsucht nach dieser Frau, die jetzt nur wenige Kilometer entfernt von ihm war. Aber zugleich war ihm mit aller Bitterkeit bewusst, dass er ein verlogenes Spiel spielte. Regine hatte es nicht verdient, so hintergangen zu werden. Auch wenn die Zärtlichkeit in ihrer Beziehung nicht mehr die gleiche war wie am Anfang ihrer Ehe, so führten sie doch eine verlässliche Partnerschaft, die bei all ihren Bekannten als stabil und harmonisch galt. Und sie vertraute ihm, da war er sicher, hatte ihm immer vertraut und ihm geglaubt, wenn er von Zeit zu Zeit entschuldigend erklärte, auch über Nacht in der Klinik in Reinhardshausen gebraucht zu werden, wo er eine Stelle als Chirurg innehatte. Frank seufzte. Irgendwann würde er eine Entscheidung treffen müssen. Irgendwann ...

„Ich freue mich so!“, tippte er in sein Handy. „Morgen um zwei am üblichen Treffpunkt!“ Dann legte er sich wieder neben seine schlafende Frau.

Tanja genoss das Frühstück. Von ihrem Platz aus konnte sie auf den Edersee blicken, der in diesem Sommer einen recht niedrigen Wasserstand hatte. Ein paar Nebelschwaden waberten über die Wasseroberfläche, aber es versprach ein schöner Tag zu werden. Sie beschloss, den Vormittag oben in Waldeck zu verbringen. Dort war sie schon früher ab und zu gewesen, meistens mit Frank, der ihr die Sehenswürdigkeiten seiner Heimat zeigen wollte. Das letzte Mal hatten sie das Schloss besucht und nach der Besichtigung des Museums vom Schlosshof aus den wunderbaren Ausblick über den See genossen. Was für ein herrliches Stückchen Erde!

Tanja leerte ihre Kaffeetasse, nickte der freundlichen Bedienung kurz zu und verließ die Pension. Zu Fuß wanderte sie zur Talstation der Seilbahn, die sie in gemütlichem Tempo nach oben brachte. Unter sich sah sie das satte Grün der Bäume des Schlossbergs. Oben angekommen wandte sie sich nach links und schlenderte die wenigen Meter bis zum Marktplatz, wo sie sich auf die Bank am Brunnen setzte. Im „kleinsten Warenhaus“ herrschte bereits munteres Treiben. „Hier gibt es nichts, was es nicht gibt“, hatte Frank ihr einmal lachend erzählt. Sie beschloss, den Wahrheitsgehalt dieser Aussage zu überprüfen und betrat den Laden. Tatsächlich waren die Regale randvoll mit den verschiedenartigsten Gegenständen und Artikeln. Bekleidung, Schreibwaren, Haushaltsgeräte, Strumpfwolle, Spielwaren – alles war da.

„Kann ich Ihnen helfen?“, fragte die Frau hinter der Kasse.

„Ich suche einen Leuchtturm!“, antwortete sie, einer plötzlichen Eingebung folgend. Sie war überzeugt, mit diesem Wunsch hier in der Mitte Deutschlands weitab von jedem Ozean nur einen verständnislosen Blick zu ernten. Aber die Frau ging ohne Zögern in den Nebenraum, um ihren Mann über das Anliegen der Kundin zu informieren.

„Der Chef guckt danach!“, verkündete sie beim Wiederkommen. „Wenn Sie bitte einen Moment warten würden!“

Tatsächlich erschien nach erstaunlich kurzer Zeit ein kleiner freundlicher Mann mit drei Leuchttürmen unterschiedlicher Größe in der Hand. Tanja entschied sich für den mittleren in rotweiß, zahlte und ging. Frank hatte also nicht übertrieben! Nie im Leben hätte sie gedacht, dass sie ausgerechnet in Waldeck einen Leuchtturm kaufen würde. Obwohl – wenn sie richtig darüber nachdachte – unten am See würde so ein Lichtzeichen sicher gut ins Landschaftsbild passen! Sie würde Frank nachher davon erzählen und ein paar verrückte Pläne mit ihm spinnen ...

Frank ... Fast sechs Wochen hatten sie sich nicht gesehen. Aber es war kein Tag vergangen, an dem sie nicht an ihn gedacht hatte. Sie wusste, dass er nicht frei war, und dennoch wollte sie lieber eine Gelegenheitsbeziehung in Kauf nehmen als auf diesen wunderbaren Menschen zu verzichten. Er war die Erfüllung all ihrer Träume, und wenn sie bei ihm war, vergaß sie alles um sich herum. Wie es weitergehen sollte mit ihnen, wusste sie nicht, aber sie wollte auch nicht darüber nachdenken. Was zählte, war die Gegenwart. Für die Zeit mit ihm nahm sie alles Unangenehme in Kauf. Ab und zu sah sie ihn in ihrer Phantasie vor sich, stellte sich vor, wie er in der Klinik arbeitete, wie er mit seinen feinfühligen Händen das Skalpell führte. Manchmal beneidete sie seine Patienten um die Zeit, die er ihnen widmete. Seine Arbeit bedeutete ihm viel. Er war gewissenhaft und verantwortungsbewusst. Und auch privat war sein Ruf untadelig. Sie wusste, dass sie ihm das niemals nehmen wollte.

Seufzend wanderte sie wieder zurück in Richtung Seilbahn. Aber sie hatte noch keine Lust, schon wieder zu ihrer Unterkunft zurückzukehren. Stattdessen betrat sie den kleinen Park, der sich direkt neben dem Parkplatz am Fuß des Schlosses befand. Der Mauergarten war liebevoll angelegt. Granitstelen, Steinmännchen, zahlreiche Pflanzen und Bänke unterbrachen die Rasenfläche. Auf der Seeseite war ein großer Stein aufgestellt worden, auf dem eine Metallplatte angebracht war. Tanja ging näher heran, um die Inschrift lesen zu können. Rund um ein biblisches Zitat war in neunzehn Sprachen das Wort FRIEDEN in die Platte hinein gestanzt. Nachdenklich setzte sich Tanja auf eine der Bänke und genoss die warme Vormittagssonne. Schließlich beschloss sie, den Weg nach unten durch den Wald zu laufen. Nach einem kurzen Imbiss wollte sie sich ein wenig zurechtmachen für den Mann, den sie so sehr liebte ...

📖

„Schatz, warte heute nicht auf mich. Es wird ganz sicher spät! Wahrscheinlich bleibe ich auch über Nacht in der Klinik!“

Frank schob die Kaffeetasse zur Seite und stand vom Frühstückstisch auf. Enttäuscht schaute Regine ihn an.

„Du hattest doch erst in der letzten Woche so einen vollen Dienstplan!“, sagte sie. „Ich dachte, wir könnten endlich mal wieder einen richtig schönen entspannten Abend miteinander verbringen!“

Frank strich ihr übers Haar. „Sei nicht traurig“, meinte er. „Das klappt schon wieder mal. Nur halt nicht heute ... Und wahrscheinlich auch nicht in den nächsten Tagen, es ist momentan einfach zu viel zu tun“.

Hastig trank er noch einen Schluck Kaffee und verließ das Zimmer.

„Regine hat Recht“, dachte er. „Wir haben in den letzten Tagen wirklich wenig Zeit miteinander verbracht.“

Tatsächlich hatte er freiwillig etliche Dienste übernommen, um sich durch die angefallenen Überstunden einen Freiraum für die kommende Woche zu schaffen ... Der Gedanke an das Wiedersehen mit Tanja ließ ihn den Anflug schlechten Gewissens vergessen.

Tanja ließ die Straßenecke nicht aus den Augen. Sie saß im Halbschatten und trank einen Cappuccino. In der Pizzeria in Hemfurth traf sie sich meistens mit Frank, wenn sie im Waldecker Land angekommen war. Dort schmiedeten sie Pläne für die vor ihnen liegenden Tage. Hier am Ende der Sperrmauer waren oft zahlreiche Touristen anwesend, sodass sie nicht weiter auffielen. Meistens hatten sie drinnen im Gasthaus gesessen. Aber heute lockte die Sonne, und Tanja hatte an einem der Tische draußen einen Platz gefunden. Von hier aus würde sie ihn sehen, sobald er um die Ecke kam.

Eine Familie erschien, offensichtlich Urlauber. Die beiden Kinder zogen zielstrebig in Richtung Aquapark davon, und die Eltern hatten keine andere Wahl als ihnen zu folgen. Tanja lächelte. Nur zu gut verstand sie den Wunsch der Kinder, bei dem herrlichen Wetter im Wasser herumzutollen und die verschiedenen Geräte auszuprobieren. Der Lauf des Edersees war hier im Kleinen nachgebildet worden, immer wieder unterbrochen von Wasserrädern, Hängebrücken oder Kurbeln, mit denen man das Wasser transportieren konnte. Die Kinder hatten einen Riesenspaß und spritzten und tollten im Wasser herum. „Der sich das ausgedacht hat, hatte wirklich eine geniale Idee", dachte Tanja.

Zum wiederholten Mal sah sie auf die Uhr. Schon halb drei vorbei! Wo Frank nur blieb? Eigentlich war er sonst immer pünktlich. Ihre Ungeduld wuchs. Jetzt, wo sie in seiner Nähe war, wollte sie nicht länger auf ihn verzichten. Aber es blieb ihr nichts anderes übrig als zu warten. Merkwürdig ... Vielleicht war er in der Klinik aufgehalten worden. Oder er hatte eine Panne mit dem Auto. Oder seine Frau hatte etwas bemerkt und war misstrauisch geworden ... Sie fühlte einen Anflug von Panik in sich aufsteigen.

„Darf ich Ihnen noch etwas bringen?“, unterbrach ein Kellner ihre Gedanken. Tanja wollte gerade antworten, da sah sie ihn. Unverschämt gut sah er aus, ein bisschen abgehetzt vielleicht, aber das konnte seine Attraktivität nicht schmälern. Suchend blickte er um sich und Tanja sprang auf, um sich bemerkbar zu machen. Mit einem „Stimmt so“ legte sie hastig einen 5 Euro-Schein auf den Tisch und lief auf ihn zu. Frank öffnete weit die Arme, und für einen Moment vergaßen sie Raum und Zeit ...

„Es tut mir leid, dass du warten musstest“, sagte Frank zwischen zwei Küssen. „Aber ich hatte gerade ein sehr merkwürdiges Erlebnis, das mich aufgehalten hat. Ich erzähle es dir später!“

„Hauptsache, du bist jetzt da!“, beruhigte ihn Tanja und schmiegte sich in seine Arme. „Ich habe dich so vermisst!“

„Lass uns ein Stückchen laufen“, meinte Frank. Er sah sich um, als wolle er sich vergewissern, dass ihnen keiner folgte. Dann schlugen sie Hand in Hand den Weg zum Wildpark ein.

📖

Beunruhigt stellte Regine das Telefon auf die Station zurück. Sie starrte einen Moment auf das Display, aber es war keine Nummer angezeigt. Der Anruf, den sie soeben bekommen hatte, war anonym und er war sehr merkwürdig gewesen. Erst hatte sie gedacht, die Frau am anderen Ende der Leitung habe sich verwählt oder sei verwirrt. Sie wollte schon auflegen, als ihr bewusst wurde, dass die Anruferin sie mit Namen angeredet hatte. Ihre heisere leise Stimme klang ihr noch im Ohr: „Sie werden über kurz oder lang Ihren Mann verlieren! So oder so! Sehen Sie sich vor, Frau Hartinger!"

„Wer sind Sie?", fragte Regine. „Mit wem spreche ich eigentlich?"

„Das spielt im Moment keine Rolle. Ich möchte Sie nur warnen. Fühlen Sie sich bloß nicht zu sicher! Auch bei Ihnen kann das Leben eine ganz unerwartete Wendung nehmen. Und das wird sicherlich bald passieren." Damit hatte sie aufgelegt.

Regine musste sich setzen. Das Herz klopfte ihr bis zum Hals. Sie konnte sich nicht erinnern, diese Stimme jemals gehört zu haben. Falls sich da jemand einen Scherz mit ihr erlauben wollte, dann war das äußerst geschmacklos. Blöd, dass Frank nicht da war! Aber vielleicht erreichte sie ihn über sein Handy. Normalerweise rief sie ihn nicht an, wenn er in der Klinik war, weil sie nie wusste, ob ihr Anruf ihn gerade stören würde. Aber dies hier war eine Ausnahmesituation!

Sie wählte seine Nummer.

„Der gewünschte Teilnehmer ist zurzeit nicht erreichbar!“, teilte ihr die Stimme des Anrufbeantworters mit. Mist! Frank hatte sein Handy ausgeschaltet. Wahrscheinlich war er gerade irgendwo auf Station oder vielleicht sogar im OP.

„Bitte, Frank, ruf mich zurück, sobald du Zeit hast! Es ist wichtig!“, sprach sie auf die Mobilbox.

Dann schaltete sie den Fernseher ein, um sich ein wenig zu beruhigen. Vielleicht würde das seichte Nachmittagsprogramm sie von der merkwürdigen Anruferin ablenken. Aber sie merkte bald, dass sie die Handlung auf dem Bildschirm gar nicht mitbekam. Ihre Gedanken kreisten um Frank und um den mysteriösen Anruf, der ihr Angst machte.

Schließlich nahm sie erneut das Telefon zur Hand und wählte die Nummer der Klinik.

„Hartinger“, meldete sie sich. „Ich muss bitte einmal dringend meinen Mann sprechen!“

„Einen Moment, bitte!“, antwortete die Dame im Büro.

Sie hörte, wie die hauseigene Sprechanlage ertönte: „Dr. Hartinger, bitte ins Büro! Dr. Hartinger, bitte!“ Dann erklang die Melodie der Warteschleife.

Es mochten etwa zwei Minuten verstrichen sein, als sich die Telefonistin wieder meldete. „Frau Hartinger? Ich höre gerade, dass Ihr Mann heute gar nicht mehr im Haus ist. Er hat dienstfrei bis morgen Abend um neun.“

Regine spürte, wie ihr Puls zu rasen begann. Sie würgte den Kloß herunter, den sie plötzlich im Hals hatte, und brachte mit letzter Beherrschung hervor: „Ach ja, das ist ärgerlich, dann habe ich ihn wohl gerade verpasst. Vielen Dank trotzdem."

Ihr wurde schlecht. Das war immer so, wenn sie sich aufregte. Was war mit Frank los? Wo war er? Warum hatte er ihr gesagt, dass er arbeiten müsste? Und was hatte diese unheimliche Anruferin andeuten wollen? Sie hatte keine Ahnung, was sie tun sollte.

Die tägliche Flugschau der Greifvögel war gerade beendet, als sie sich dem Plateau näherten. Die Menschen, die den Flugkünsten der Steinadler und Falken zugesehen hatten, zerstreuten sich allmählich und Tanja und Frank kletterten in die hölzerne Aussichtsplattform. Für diesen Moment waren sie hier allein. Von hier hatte man eine wundervolle Aussicht über den Edersee und nach Waldeck hinüber. Aber Tanja hatte keinen Blick dafür. Sie warf sich in Franks Arme, suchte die Nähe und Geborgenheit, auf die sie so lange hatte verzichten müssen. Mit geschlossenen Augen spürte sie seine Lippen, die ihr Gesicht mit zärtlichen Küssen bedeckten, während seine Hände suchend ihren Körper entlang glitten. Ein wohliger Schauer lief ihr den Rücken hinunter.

Wie aus einem Nebel hörte sie die Stimmen, die immer näher kamen. Langsam lösten sie sich voneinander. Es war keine gute Idee gewesen, hierher zu kommen. Das, was sie beide wollten, jetzt und gleich, das war hier nicht möglich ...

Ohne weitere Worte stiegen sie Hand in Hand die Holzstufen hinunter und liefen zurück zum Ausgang. Als sie den Wildpark verließen, schaute ihnen die Frau in der Eingangshalle, die ihnen vorhin die Eintrittskarten verkauft hatte, kopfschüttelnd nach. So kurz hielten sich die Besucher sonst nicht hier auf!

Nachdem Frank seine kleine schwarze Arzttasche aus dem Kofferraum seines Autos geholt hatte, schloss er den Wagen sorgfältig ab. Die Tasche nahm er stets gewohnheitsmäßig mit, wenn er außerhalb übernachtete. Es konnte ja immer einmal sein, dass er zufällig Zeuge eines Notfalls würde, und dann brauchte er sie. Mit Tanjas Wagen fuhren sie am Seeufer zurück nach Waldeck. Das Wohnmobil, das ihnen in geringem Abstand folgte, bemerkten sie nicht.

Regine hielt es nicht länger zu Hause aus. Noch ein paarmal hatte sie versucht, Frank über sein Handy zu erreichen, aber es war nach wie vor ausgeschaltet. Sie beschloss, einen Spaziergang zu machen, um sich abzulenken, und schlenderte über die Brunnenallee. Aber während ihr das sonst immer großen Spaß machte, ließ sie heute die Unruhe nicht los. Sie setzte sich ins Café Bach und bestellte einen Tee. Wie immer war die Auswahl an Torten und Gebäck in der Auslage verführerisch, doch Regine verspürte noch immer eine unangenehme Übelkeit. Lustlos blätterte sie in einer Illustrierten, aber sie merkte, dass sie den Inhalt gar nicht aufnahm. Was war los mit Frank? Hatte er irgendwelche Schwierigkeiten, von denen sie nichts wusste? Aber warum hatte er nicht mit ihr gesprochen? Sie hatten sich doch immer vertraut und keine Geheimnisse voreinander. Und wo war er? Was machte er? Fragen über Fragen, die sie zunehmend nervöser machten!

Regine fasste einen Entschluss. Nie hätte sie gedacht, dass sie einmal auf so eine Idee kommen würde. Aber sie musste wissen, was los war! Sie zahlte und ging nach Hause zurück.

Entschlossen öffnete sie die Tür zum Arbeitszimmer ihres Mannes und setzte sich an seinen Schreibtisch. Nach kurzem Zögern zog sie an der Schublade – aber sie war verschlossen. Regine traten die Tränen in die Augen. Was war hier bloß los? Sie blickte suchend über den Schreibtisch und die Regale, aber nirgendwo war der Schlüssel zu finden. Wahrscheinlich hatte Frank ihn bei sich. Aber warum? Was hatte er zu verbergen? Entschlossen holte sie die kleine Nagelfeile aus dem Bad und stocherte nervös in dem Schlüsselloch herum. Nichts passierte. Schließlich wurde es ihr zu bunt. Aus dem Kasten mit dem Handwerkszeug nahm sie einen dicken Schraubenzieher und setzte ihn als Hebel ein. Mit einem hässlichen Splittern sprang die Schublade auf.

Ihre Augen fielen zuerst auf eine Krankenakte von einem gewissen Harald Walesch. Komisch, dass Frank die hier zu Hause unter Verschluss hatte. Er hatte seit Jahren keine Klinikunterlagen mehr mit nach Hause gebracht. Normalerweise erledigte er seine Arbeit ausschließlich im Krankenhaus, auch den dazu gehörenden Schreibkram. Sie blätterte ziellos in den diversen Röntgenaufnahmen und Berichten herum. Offensichtlich handelte es sich um einen früheren Patienten. Vielleicht war sein Fall medizinisch so interessant gewesen, dass Frank die Unterlagen noch einmal durcharbeiten wollte. Regine legte die Akte beiseite und schaute wieder in die Schublade. Alle Schreibutensilien und Papiere waren sorgfältig und ordentlich nebeneinandergelegt. Ein Stapel mit diversen Visitenkarten, Telefonnummern und Adressen war mit einer Büroklammer zusammengeheftet. Regine blätterte sie durch. Manche Namen sagten ihr etwas. Es waren Kollegen von Frank, die sie teilweise kannte. Andere Namen hatte sie noch nie gehört. Darüber würde sie sich normalerweise keine Gedanken machen. Auch nicht über den Zettel mit einer Handynummer, der in der hintersten Ecke lag und mit einem Blümchen und dem Buchstaben T verziert war. Schließlich lernte Frank durch seinen Beruf eine Menge Leute kennen.

Ratlos lehnte sie sich zurück. Sie war keinen Schritt weitergekommen. Sie würde Frank erklären müssen, warum sie die Schublade aufgebrochen hatte. Er würde es hoffentlich verstehen – wenn er sich nur endlich melden würde!

🕮

Aufmerksam betrachtete Tanja Franks Gesicht. Er lag neben ihr und schlief fest. Ab und zu zuckten seine Lider, er schien unruhig zu sein oder zu träumen. Irgendwie war es heute anders als sonst. Zwar hatten sie sich in unverminderter Leidenschaft geliebt, hatten versucht, alles nachzuholen, was sie in den letzten Wochen entbehrt hatten, aber sie wurde den Eindruck nicht los, dass irgendetwas ihn beschäftigte. Etwas nahm ihm die Unbeschwertheit, die er sonst immer an den Tag legte, wenn er mit ihr zusammen war. Und als sie aus der Dusche gekommen war, war er bereits erschöpft in den Schlaf gefallen. Das war ungewöhnlich. Normalerweise war er derjenige, der immer wieder neu das Feuer ihrer Leidenschaft zu entfachen vermochte und der sie schließlich in seinen starken Armen in den Schlaf wiegte.

Auf einmal fielen Tanja seine Worte wieder ein, die er vorhin gesagt hatte, als er gekommen war – irgendetwas von einer merkwürdigen Begegnung, die er gehabt hatte. Aber er hatte nichts mehr davon erwähnt, und sie hatte vergessen, ihn danach zu fragen. Sie würde es nachholen, wenn er wieder aufwachte. Zärtlich legte sie die Hand auf seine Wange. Im Schlaf zuckte er leicht zurück. Tanja war irritiert. Sie verspürte den Drang, ihn sofort zu wecken und mit ihm zu reden. Aber andererseits gönnte sie ihm die Ruhe, die er ganz offensichtlich brauchte. Vorhin, als er sein Handy zur Hand genommen hatte, hatte er bemerkt, dass seine Frau etliche Male versucht hatte, ihn anzurufen. Aber er hatte es ignoriert und nur gemurmelt, er würde sie später zurückrufen. Zu sehr waren sie miteinander beschäftigt gewesen.

Plötzlich hatte sie eine Idee, wie sie ihm eine Freude machen könnte. Vorsichtig schlüpfte sie aus dem Bett und zog sich lautlos an. Sie griff nach ihrem Autoschlüssel und ihrem Portemonnaie und schlich zur Tür. Dann zögerte sie kurz. Sie ging noch einmal zu dem kleinen Tisch zurück, auf dem ein Block und ein Bleistift lagen.

„Bin gleich mit einer Überraschung zurück! Ich liebe Dich!!!“, schrieb sie in ihrer zierlichen Schrift. Sie malte noch ein Herz dazu und legte den Zettel auf ihr Kopfkissen. Falls Frank aufwachen sollte, wüsste er wenigstens, dass sie nicht lange weg wäre. Sie schaute ihn noch einmal liebevoll an und verließ leise das Zimmer.

Draußen war es immer noch schwül warm. Aber es waren ein paar Wolken aufgezogen. Vielleicht würde ein Gewitter heute noch Abkühlung bringen. Die Landwirte würden sich über Regen freuen, sie klagten schon über die anhaltende Trockenheit dieses Sommers.

Tanja stieg in den Wagen und fuhr die kurvige Straße hinauf nach Waldeck. Sie parkte am Marktplatz und lief das kurze Stück zur Eisdiele. Frank liebte Eis! Und sie malte sich aus, wie er sich bei seinem Erwachen über einen exklusiven Eisbecher freuen würde!

Wie zu erwarten herrschte bei diesem Wetter viel Betrieb. Innen und außen waren die meisten Tische besetzt und gerade hatten einige Jungen die Theke belagert, um sich jeder zwei Kugeln Eis zu holen. Anscheinend hatte ein Kind Geburtstag, und die Jungen diskutierten eifrig darüber, welches Eis und welche Kombination wohl am besten seien. Der freundliche Italiener bewies viel Geduld und es dauerte eine ganze Weile, bis er schließlich zehn mal zwei Kugeln in die Hörnchen verteilt hatte und die Kinder zufrieden abzogen.

„Was darf es für Sie sein?“, fragte er Tanja.

„Ich hätte gerne einen großen Becher Eis für zwei Personen zum Mitnehmen!“, antwortete sie. „Mit frischen Früchten und Sahne und Schokosauce!“

„Olala!“, schmunzelte er und knipste Tanja verschwörerisch ein Auge, „das klingt verdächtig nach einem Liebesbecher!“

„Genau das!“, antwortete Tanja und knipste zurück.

Der Italiener nahm eine große Plastikschale und zauberte ein kleines Kunstwerk aus den gewünschten

Zutaten. Er schmückte das Ganze noch mit zwei roten, durchsichtigen Plastikherzen und schlug es vorsichtig in Papier ein.

„Na dann wünsche ich noch einen vergnüglichen Nachmittag!“, sagte er, als Tanja bezahlt hatte und sich daranmachte, ihr Eispaket in Richtung Auto zu balancieren.

Sie fuhr langsamer und vorsichtiger als auf dem Hinweg, denn sie hatte Angst, ihre kühle Fracht würde umkippen. Aber schließlich erreichte sie den Parkplatz der Pension. Sie freute sich an der Vorstellung, wie sie Frank wecken und ihn überraschen würde. Leise ging sie durch den Gang zu ihrem Zimmer und öffnete vorsichtig die Tür. Das Bett war leer.

Nervös durchsuchte Tanja Zimmer und Bad nach einem Hinweis, den Frank hinterlassen haben könnte. Aber sie fand nichts. Seine Kleider, die er vor zwei Stunden achtlos und hastig über die Sessellehne geworfen hatte, waren verschwunden, ebenso seine Arzttasche. Noch immer lag die Nachricht, die sie ihm geschrieben hatte, auf dem Kopfkissen, aber über seinen Verbleib fand sich nicht der kleinste Hinweis. Schließlich griff sie zum Handy und wählte seine Nummer.

Verblüfft nahm sie das Vibrieren wahr. Sie bückte sich. Unter dem Bett lag sein Handy, so als ob es aus Versehen mit dem Fuß hinuntergestoßen worden war. Tanja angelte danach, um es aufzuheben. Sie setzte sich an den Bettrand. Ihre eigene Nummer war auf dem Display als entgangener Anruf zu sehen. Sie rief das Protokoll auf. In der Zeit, als sie in der Eisdiele war, hatte er einen Anruf erhalten. Die Nummer war nicht im Telefonbuch gespeichert, deshalb war auch kein Name zu sehen. Was sollte das? Wenn er wirklich noch einmal wegmusste, hätte er doch wenigstens eine Information hinterlegen können! Aber wieso hatte er sein Handy zurückgelassen? Tanja konnte sich keinen Reim darauf machen. Es blieb ihr nichts anderes übrig als abzuwarten.

Ihr Blick fiel auf den Eisbecher, den sie auf dem kleinen Tisch abgestellt hatte. Lustlos entfernte sie das Papier und begann zu essen. Aber allein schmeckte es ihr nicht und außerdem war die Portion für nur eine Person viel zu groß. Sie schob den Becher von sich und beobachtete, wie Eis und Sahne langsam miteinander verschmolzen und die Früchte darin herumschwammen. Entschlossen stand sie auf und kippte den Brei ins Klo. Sie spülte kräftig. Dann packte sie ihr eigenes und Franks Handy in ihre Handtasche und beschloss, sich draußen auf die Terrasse zu setzen. Sie wählte einen Platz, von dem sie eine gute Sicht auf die Seeuferstraße und den Zufahrtsweg hatte, und legte beide Handys vor sich auf den Tisch.

„Kann ich Ihnen etwas bringen?“, fragte die Bedienung freundlich. Tanja bestellte einen Cappuccino. Ihre Blicke schweiften über den Edersee. Der Wildpark, in dem sie vor ein paar Stunden noch gewesen waren, lag genau gegenüber. Ein paar Elektroboote kreuzten auf dem Wasser, das ruhig und glitzernd dalag. Tanja hatte sich eigentlich vorgestellt, heute noch einmal mit Frank durch den Park der Sinne das Seeufer entlang zu schlendern. Das letzte Mal waren sie wie Kinder übermütig und glücklich auf den Klangplatten herum gehüpft und hatten zu den Tönen Reime und Verse erfunden, die sie immer wieder sangen. Und dann hatten sie sich durch das „Rohrtelefon" immer neue Namen zugeflüstert, die sie sich für einander ausgedacht hatten. Bei dem Gedanken daran musste Tanja lächeln. Was war Frank doch für ein phantasievoller und lustiger Mann, wenn sie zusammen waren!

Das Vibrieren von Franks Handy riss Tanja aus ihren Gedanken. Hastig griff sie danach. „Regine" stand auf dem Display. Seine Frau! Tanja zögerte. Dann legte sie das Handy entschlossen zurück auf den Tisch und wartete, dass das Vibrieren aufhörte. Es wäre Frank bestimmt nicht recht, wenn sie den Anruf annehmen würde. Wie hätte sie auch erklären sollen, wer sie war und warum sich Franks Handy bei ihr befand? Wieder einmal wurde ihr schmerzlich bewusst, dass ihre Beziehung von Heimlichtuerei und Lüge begleitet war.

Nach dem dritten Cappuccino beschloss Tanja, die Terrasse zu verlassen. Sie packte die beiden Handys und ging zu ihrem Wagen. Entschlossen fuhr sie den Weg zurück, den sie ein paar Stunden zuvor zusammen mit Frank gekommen war. In Affoldern überquerte sie die Ederbrücke und bog nach rechts in Richtung Hemfurth ab. Franks Auto stand genauso auf dem Parkplatz, wie er es am Nachmittag abgestellt hatte. Tanja stieg aus und ging um Franks Wagen herum. Sie schaute angestrengt durch die Scheiben, aber es war nichts Auffälliges zu entdecken. Auf dem Rücksitz lag ein schwarzer Regenschirm, sonst war nichts zu sehen. Tanja probierte die Tür zu öffnen, aber natürlich war alles fest verriegelt. Als sie merkte, dass sie von ein paar Spaziergängern beobachtet wurde, setzte sie sich wieder in ihren Wagen und fuhr weg. Kurz entschlossen bog sie in Richtung Bad Wildungen ab. Sie war noch nie zuvor in der Kurstadt gewesen, aber natürlich kannte sie Franks Adresse. Sie hatte keinen Plan, was sie dort tun sollte, aber es zog sie in die Nähe von Franks Wohnung. Vielleicht würde sie dort einen Hinweis auf sein merkwürdiges Verschwinden bekommen. Diese Unsicherheit machte sie langsam aber sicher aggressiv. Was sollte das alles?

Nur wenige Menschen waren unterwegs, als Tanja in Bad Wildungen einbog. Für die zahlreichen Kurgäste war Abendbrotzeit und die meisten Geschäfte hatten bereits geschlossen. Frank hatte ihr die Umgebung seiner Wohnung einmal beschrieben und tatsächlich fand sie nach einigem Suchen seine Adresse.

Die Wohnung befand sich in einer Seitenstraße zur Brunnenallee in einem vornehm wirkenden villenähnlichen Haus. Tanja parkte ihr Auto auf der gegenüberliegenden Straßenseite und beobachtete die Fenster. Sie wusste nicht recht, was sie hier eigentlich wollte und wie das ganze weitergehen sollte, aber alles war besser, als tatenlos in der Pension herumzusitzen und auf das Handy zu starren. Wie auf Kommando begann ihr eigenes Handy plötzlich zu vibrieren.

Mit fliegenden Fingern nahm Tanja den Anruf an.

„Entschuldigen Sie", sagte eine Frauenstimme am anderen Ende. „Ich habe Ihre Nummer im Schreibtisch meines Mannes gefunden. Mein Name ist Regine Hartinger."

Tanja hätte fast das Handy fallen lassen. Aber dann beherrschte sie sich und fragte so unbeschwert wie möglich: „Und was wollen Sie von mir?"

„Hören Sie", antwortete Regine Hartinger. „Ich weiß nicht, wer Sie sind und warum mein Mann Ihre Nummer so geheimnisvoll verwahrt. Aber vielleicht können Sie mir weiterhelfen und mir sagen, was Sie mit meinem Mann zu tun haben."

„Und warum sollte ich das?", fragte Tanja angespannt.

„Ich weiß, es klingt blöd, und es ist auch nicht meine Art, meinem Mann hinterher zu spionieren. Aber es ist etwas geschehen, das mich dazu veranlasst. Bitte, sagen Sie mir: Wer sind Sie? Kennen Sie meinen Mann?“

Tanja hielt den Atem an. Ihre Gedanken fuhren Karussell. „Ich möchte bitte Ihren Mann sprechen!“, sagte sie dann entschieden.

„Ja, sehen Sie, genau das ist mein Problem. Ich weiß nicht, wo er ist. Ich habe das Gefühl, dass etwas Schreckliches passiert ist. Er ist nicht bei der Arbeit und er geht nicht an sein Handy. Und ich bekomme hier sehr bedrohliche Anrufe.“

Tanja hörte, dass Regine mühsam das Schluchzen unterdrückte. Sie tat ihr leid. Und spontan fühlte sie sich solidarisch mit der Frau ihres Geliebten.

„Mein Name ist Tanja Rulberg“, sagte sie. „Und ich kenne Ihren Mann beruflich. Aber ich kann Ihnen nicht weiterhelfen. Ich weiß auch nicht, wo er sich befindet.“

Das war nicht gelogen. Aber es gab ihr die Möglichkeit, vielleicht doch noch etwas von Frank zu erfahren.

„Hatte er denn etwas vor?“, fragte sie weiter.

Aber Regine war zu weiteren Gesprächen nicht bereit. „Vielen Dank“, sagte sie. „Entschuldigen Sie die Störung!“ Und damit beendete sie das Gespräch.

Tanja lehnte sich zurück und schaute nach oben. Gewitterwolken standen jetzt schwarz und bedrohlich am Himmel. Jeden Augenblick konnte das Wetter losbrechen. Und wirklich klatschten kurz darauf große Tropfen aufs Autodach. Tanja war froh, dass ihr Wagen sicher an der Seite stand. Auf keinen Fall hätte sie jetzt unterwegs sein wollen. Regen und Hagel prasselten mit ungeheurer Wucht auf den Asphalt. Das Wasser schoss über die Straße und verwandelte die Fahrbahn in einen reißenden Bach. Die Hitze und Trockenheit der letzten Tage entluden sich in einem heftigen Gewitterregen begleitet von Donner, Blitzen und einem stürmischen Wind. Fast 15 Minuten dauerte das Spektakel, dann war es vorbei und die Abendsonne brach wieder durch die Wolken. Tanja atmete tief durch und machte sich dann auf den Weg zurück nach Waldeck.

🕮

Pünktlich um 8 Uhr betrat Kommissar Erik Seltsam sein Büro in der Korbacher Polizeistation. Er sprach kurz mit einem Kollegen, der ihm berichtete, es sei eine ruhige Nacht gewesen. Bei dem heftigen Gewitter, das in den Abendstunden über das Waldecker Land gezogen war, waren wohl die meisten Menschen zu Hause geblieben. Außer einer Frau, die ihren Schlüssel verloren hatte, war nichts vorgefallen, was einen Einsatz erforderlich gemacht hätte. Seltsam setzte sich an seinen Schreibtisch und blätterte missmutig in einer Akte. Er hasste diesen Schreibkram. Schon so oft hatte er sich vorgenommen, alles immer unmittelbar nach einer Aktion zu erledigen, aber leider blieb es meist bei den guten Vorsätzen. Auch jetzt hatte sich wieder einiges aus der letzten

Woche angesammelt und musste irgendwann erledigt werden. Er seufzte. Eine Sachbeschädigung war angezeigt worden. Unbekannte hatten am vergangenen Mittwoch in Höringhausen ein Auto zerkratzt. Außerdem hatte ein Mann aus Sachsenhausen Anzeige erstattet, weil ihm jemand offensichtlich mit Absicht eine Schraube in den Autoreifen gebohrt hatte. Zum Glück hatte er den defekten Reifen rechtzeitig bemerkt, sodass es zu keinem weiteren Schaden gekommen war! Aber da es keine Zeugen gab und der oder die Täter keine verdächtigen Spuren hinterlassen hatten, würde die Sache wohl über kurz oder lang im Sande verlaufen. Das war in der letzten Zeit schon öfter passiert. Und Kommissar Seltsam fand das zutiefst unbefriedigend. Er beschloss, sich erst einmal einen Kaffee zu gönnen.

Gerade als er die Kanne zurück in den schon etwas altmodischen Kaffeeautomaten stellte, klingelte das Telefon. Eine aufgeregte Männerstimme meldete sich.

„Bitte, Sie müssen sofort kommen. Ich glaube, da ist etwas Fürchterliches passiert!"

„Moment!", sagte Kommissar Seltsam und versuchte, allein durch seinen Tonfall den aufgeregten Anrufer zu beruhigen. „Wer sind Sie denn? Von wo rufen Sie an? Und was ist passiert?"

Die Stimme am anderen Ende der Leitung überschlug sich fast. „Stein. Peter Stein. Ich rufe an aus Asel. Beim Fähranleger. Da, wo die alte Ederbrücke ist. Da ist so eine Art Rollstuhl kopfüber im Wasser. Und ich glaube, da ist ein Mensch drauf."

„Bleiben Sie, wo sie sind!", sagte der Kommissar kurz. „Ich veranlasse alles Nötige und bin in 20 Minuten bei Ihnen."

Er griff nach seiner Jacke, informierte im Hinauslaufen seine Mitarbeiterin, damit sie für alle Fälle die Wasserschutzpolizei alarmierte und den Notarzt an den benannten Ort schickte, und rannte zum Wagen. Mit Blaulicht machte er sich auf den Weg nach Asel.

In manchen heißen Sommern gab es im Edersee so wenig Wasser, dass nur noch das ehemalige Flussbett der Eder Wasser führte. Zum einen lag das an der geringen Niederschlagsmenge, hauptsächlich aber daran, dass das Wasser des Stausees immer wieder abgelassen wurde, um die Schifffahrt auf der Weser sicherzustellen. Alle Einwände der umliegenden Betriebe, die dadurch eine Beeinträchtigung der Ferienregion sahen und finanzielle Einbußen durch das Ausbleiben der Gäste befürchteten, waren durch das Schifffahrtsamt abgeschmettert worden. Aber man musste zugeben, dass der Edersee auch ohne Wasser durchaus Attraktionen bereithielt, die den Augen normalerweise verborgen blieben. Die Reste der Dörfer, die im Jahr 1914 geflutet worden waren, kamen wieder zum Vorschein und wurden zu touristischen Anziehungspunkten: die alten Grabplatten des Friedhofs von Bringhausen, das Modell der

Staumauer bei Berich und die alte Brücke von Asel. „Edersee-Atlantis“ hatte man dieses Phänomen getauft, und jedes Jahr pilgerten zahlreiche Touristen zu den wieder auftauchenden Orten.

In diesem Jahr war es noch nicht so weit, dass das Wasser seinen niedrigsten Stand erreicht hatte. Aber der Wasserspiegel lag bereits erheblich unter der Höchstmarke. Als Erik Seltsam um die letzte Kurve bog, sah er schon einige Schaulustige, die sich an der Straße versammelt hatten und von dort aus neugierig das Polizeiboot beobachteten, das soeben von seiner Station an der Waldecker Bucht eingetroffen war. Er parkte seinen Wagen am Fähranleger und ließ einen Moment lang die Blicke schweifen, um sich einen ersten Überblick zu verschaffen. Die ehemalige Zufahrt zur alten Ederbrücke war ein gutes Stück trockengefallen, aber der Untergrund war noch so weich, dass es nicht sehr angeraten schien, darauf zu laufen. Der nächtliche Wolkenbruch hatte seinen Beitrag dazu geleistet, dass der Boden noch schlüpfriger war als üblich. Die Oberfläche der Aseler Brücke war schon gut zu erkennen, auch wenn sie noch nicht so weit im Trockenen lag, dass sie vom Ufer aus zugängig gewesen wäre. Und unter der Wasseroberfläche am mittleren Brückenpfeiler war die Unterseite eines Rollstuhls zu erkennen. Die Strömung des Flusses drückte ihn gegen den Pfeiler.

Die Beamten der Wasserschutzpolizei hatten das Eintreffen des Kommissars bemerkt und fuhren mit ihrem Boot so weit wie möglich ans Ufer. Ein braun gebrannter, sportlich aussehender Mann mittleren Alters fasste Kommissar Seltsam von hinten an den Ellenbogen.

„Ich bin Peter Stein“, sagte er. „Ich habe angerufen!“

Seltsam blickte in das aufgeregte Gesicht.

„Halten Sie sich zur Verfügung!“, sagte er kurz. Dann eilte er die Stufen am Fähranleger hinunter. Die ersten Schritte waren noch unspektakulär, aber dann merkte er, wie der Boden weicher wurde.

„Verdammte Sauerei!“, fluchte er, als der Matsch und das Wasser in seine Schuhe drangen. „Die sind hin!“, fuhr es ihm durch den Kopf.

In solchen Momenten hasste er seinen Job. Das hier gehörte entschieden zu den unangenehmen Seiten! Aber er hatte keine Wahl. Wenn er bis zu dem Polizeiboot wollte, musste er noch ein ganzes Stück weiter durch Schlamm und Wasser waten, bis die Kollegen ihn endlich aufnehmen konnten.

Als er schließlich im Boot saß und nahe genug an der Brücke war, konnte er den Rollstuhl unter sich gut erkennen. Es war anscheinend einer von der Sorte, die zusammenklappbar und gut transportabel waren. Sie wurden oft von Behinderten als Zweitstuhl auf Reisen benutzt. Und was er noch sah, ließ ihm den Atem stocken: Neben einem der Räder war deutlich ein Fuß zu sehen. Da saß ganz offensichtlich ein Mensch in diesem Rollstuhl. Und mit absoluter Sicherheit kam für den jede Hilfe zu spät!

Erik Seltsam beschloss, die Bergung den Rettungstauchern zu überlassen, die inzwischen von der Wasserschutzpolizei alarmiert worden waren, und den weiteren Verlauf vom Ufer aus zu beobachten.

Während seiner beruflichen Laufbahn hatte der Kommissar schon so manchen Toten gesehen. Er war an schreckliche Anblicke gewöhnt. Aber dieser hier war außergewöhnlich. Hände und Beine waren am Rollstuhl mit Ledergurten festgeschnallt. Der Oberkörper war nach vorne gekippt und als Seltsam ihn aufrichtete, starrten ihn glasige Augen aus einem aufgequollenen Gesicht an. Der Mund war weit aufgerissen. Ein paar Algen hatten sich in seiner Kleidung und in den Speichen der Räder verfangen.

Wer war er? In den Taschen seiner triefenden Kleidung befanden sich keinerlei Hinweise, die Aufschluss über seine Identität geben konnten. Wie lange er schon im Wasser gelegen haben mochte, war zu diesem Zeitpunkt nur schwer zu sagen. Aber es konnte seinem Aussehen nach noch nicht allzu lange gewesen sein. Ob er ertrunken war oder schon vorher tot ins Wasser geraten war, würde die Gerichtsmedizin klären müssen.

Seltsam beobachtete den Abtransport der Leiche und des Rollstuhls und wies die Beamten der Spurensicherung an, das Ufergelände genau zu untersuchen. Vielleicht gab es ja einen Hinweis darauf, wo und wie der Rollstuhl ins Wasser geraten war. Das Personal der nahegelegenen Jugendherberge und deren Gäste wollte er selbst befragen. Aber zuvor musste er sich erst einmal umziehen.

Auf dem Weg zu seinem Wagen fiel ihm ein, dass ja der Anrufer noch irgendwo wartete. Tatsächlich stand er bei der Anlegestelle der Fähre und beobachtetet das Geschehen im Wasser. Er schreckte zusammen, als der Kommissar ihn am Ellenbogen berührte.

„Wie haben Sie denn den Rollstuhl bemerkt?“, wollte Seltsam wissen, nachdem er sich die Personalien notiert hatte.

„Ich habe eine Tour mit meinem Bike gemacht“, erwiderte Peter Stein und wies auf ein silbergraues Mountainbike, das am Geländer lehnte. „Die Strecke hier fahre ich oft, wenn ich Zeit habe. Manchmal setze ich mit der Fähre über nach Asel Süd und fahre dann auf der anderen Seite des Sees weiter. Aber das geht ja zurzeit nicht. Heute wollte ich hier nur kurz stoppen und sehen, wie weit der Wasserspiegel schon gefallen ist und ob die alte Brücke schon bald passierbar ist. Und da habe ich dann die Räder des Rollstuhls gesehen. Das kam mir doch ziemlich merkwürdig vor.“

Er wirkte noch immer sehr aufgeregt und nervös. Dem Kommissar entging nicht, wie seine Hände zitterten.

„Wann sind Sie denn das letzte Mal hier entlanggefahren?“, wollte Seltsam wissen.

„Vorgestern erst. Da habe ich auch hier gehalten. Aber da ist mir nichts aufgefallen", antwortete Peter Stein.

Seltsam nickte. „Haben Sie denn bei Ihrer Fahrt auf dem Weg oder auf der Straße irgendetwas Ungewöhnliches bemerkt?", fragte er.

Der Zeuge schüttelte nachdenklich den Kopf. „Wer rechnet denn auch mit so etwas!", murmelte er.

Seltsam vermutete, dass der Mann ihm nicht viel weiterhelfen konnte. Mit der Aufforderung, sich bei ihm zu melden, falls ihm noch etwas einfiele, verabschiedete er sich und ging zu seinem Wagen.

Tanja saß auf der Terrasse beim Frühstück. Das heftige Gewitter vom gestrigen Abend hatte die Luft zwar etwas abgekühlt, aber jetzt stand schon wieder die Sonne am Himmel und schien mit unverminderter Kraft. Seit zwei Minuten rührte Tanja in ihrer Kaffeetasse, ohne es zu merken. Die leckeren Brötchen lagen unberührt im Korb neben ihrem Teller. Sie hatte das Gefühl, dass sie nichts herunterbringen könnte. In der letzten Nacht hatte sie kaum geschlafen. Immer wieder war sie in Gedanken den vergangenen Tag durchgegangen und hatte nach Hinweisen gesucht, die ihr Franks mysteriöses Verschwinden erklären könnten. Aber sie kam zu keinem Ergebnis. Wieso hatte er das Handy zurückgelassen? Inzwischen war der Akku fast leer. Wenigstens würden dann die wiederholten Anrufversuche seiner Frau aufhören. Sollte sie sich mit Regine in Verbindung setzen? Es war schon merkwürdig, dass sie sich im Moment ausgerechnet mit der betrogenen Ehefrau ihres Geliebten solidarisch fühlte. Sie hatte gestern am Telefon so ratlos und verzweifelt geklungen, und Tanja konnte ihre Verunsicherung und ihre Angst gut nachvollziehen. Aber andererseits konnte sie nicht einschätzen, was für eine Lawine sie lostreten würde, wenn sie ihr erklärte, warum sie sich so für Franks Schicksal interessierte.

Wenn sich Frank doch bloß melden würde! Sie wusste nicht, wie sie den heutigen Tag überstehen sollte. Eigentlich hatten sie heute vorgehabt, durch den Naturpark Kellerwald zu wandern. Gemeinsam wollten sie die Stille und die urwüchsige Natur der weiten Buchenwälder genießen. Aber allein hatte sie dazu überhaupt keine Lust. Außerdem wollte sie unbedingt erreichbar bleiben und das Auto in der Nähe haben.

„Sie essen ja gar nichts!“ Die freundliche Wirtin war unbemerkt neben sie getreten und betrachtete Tanjas sorgenvolle Miene. „Ist etwas nicht in Ordnung?“

Tanja schüttelte den Kopf. „Nein, nein. Alles ist gut!“, murmelte sie und zwang sich zu einem Lächeln. „Ich habe bloß heute Morgen keinen rechten Appetit.“

„Ich wünsche Ihnen jedenfalls einen angenehmen Tag“, sagte die Wirtin und verschwand Richtung Küche.

Tanja schob die Tasse zurück und stand auf. Irgendetwas musste sie tun, sich irgendwie ablenken. Sonst würde sie vor lauter Unruhe verrückt. Sie setzte sich ins Auto und fuhr am Edersee entlang. In Nieder-Werbe bog sie in Richtung Sachsenhausen ab. Hinter der evangelischen Kirche parkte sie den Wagen und stieg aus. Langsam schlenderte sie über den sonnigen Marktplatz. Normalerweise hätte sie sich in das kleine Café gesetzt und es genossen, die vorbeigehenden Leute zu beobachten. Aber heute war sie dafür viel zu nervös. Kurz entschlossen machte sie kehrt und ging Richtung Kirche. Sie hatte Glück. Schon von außen las sie den Hinweis „Offene Kirche“. Sie öffnete die schwere Eingangstür und trat ein. Sofort umfing sie die besondere Atmosphäre des großen Kirchenraums. Von draußen drang der Lärm der vorbeifahrenden Autos gedämpft ans Ohr, aber dennoch spürte Tanja die Ruhe des besonderen Ortes. Sie setzte sich in eine Bank und ihre Blicke wanderten durch das Kirchenschiff.

Eine Zeitlang ließ sie den imposanten Hochaltar und die bunten Fenster auf sich wirken. Dann schloss sie die Augen und versuchte, ihre Gedanken zu ordnen. Vielleicht hatte Frank sie ja einfach verlassen. Vielleicht war er nur zu feige gewesen für eine ehrliche Aussprache und hatte sich klammheimlich aus dem Staub gemacht. Aber da gab es so viel, was nicht dazu passte: sein zurückgelassenes Handy. Seine besorgte Ehefrau, die auch nicht wusste, wo er war.

Sein Auto, das wahrscheinlich immer noch in Hemfurth auf dem Parkplatz stand. Und nicht zuletzt seine Liebesbeteuerungen, die er ihr noch gestern ins Ohr geflüstert hatte und die sie mit ganzem Herzen glaubte. Nein, es musste eine andere Erklärung für sein Verschwinden geben.

Seufzend stand Tanja auf und ging langsam Richtung Ausgang. Im Turmraum fiel ihr Blick auf ein dort ausgelegtes Buch mit den Eintragungen diverser Besucher. Sie blätterte ein wenig darin herum und las, was manche Menschen hineingeschrieben hatten. Dank und Fürbittgebete waren darin formuliert, und ein Dauerbesucher hatte etliche Seiten mit seinen Kommentaren zu Gottesdiensten oder Predigten gefüllt. Spontan griff Tanja zu dem bereitliegenden Kugelschreiber und schrieb: „Ich habe Angst. Lieber Gott, hilf!"

Ein wenig getröstet verließ Tanja die Kirche. Sie verspürte Lust zu laufen und ging die Hauptstraße entlang Richtung Friedhof. Auch in anderen Städten besuchte sie immer wieder solche Orte. Sie liebte es, ruhig zwischen den Gräbern herumzulaufen, die Inschriften auf den Gedenksteinen zu lesen und die liebevolle Gestaltung mancher Grabstätten zu bewundern. Mit Frank hatte Tanja die Friedhöfe in der Waldecker Gegend nie besucht. Dafür waren ihre gemeinsamen Tage immer zu sehr ausgefüllt gewesen mit anderen Dingen. Aber jetzt nutzte sie die Gelegenheit und es passte gut in ihre Stimmungslage.

Es waren keine Besucher auf dem Friedhof. Nur der Gärtner harkte eifrig die Wege zwischen den Reihen, sammelte die Blätter auf, die Wind und Regen der letzten Nacht heruntergerissen hatten, oder zupfte hier und da das Unkraut von einem Grab. Manchmal hielt er auch ein Schwätzchen mit dem ein oder anderen Toten. Er hatte anscheinend alle zu Lebzeiten gekannt und ließ sie auch jetzt noch an seinen Gedanken über das Ortsgeschehen teilhaben. Man konnte sicher sein, dass kein Friedhofsbesucher unbemerkt bleiben würde. So fiel ihm natürlich auch die junge Frau auf, die ziellos durch die Grabreihen schlenderte. Sie sah etwas nervös und unruhig aus. Was wollte die hier? Der Gärtner näherte sich neugierig. Eine Person, die er nicht kannte, auf seinem Friedhof – das war unmöglich!

„Suchen Sie was Bestimmtes?"

Tanja fuhr herum. Sie war so in Gedanken gewesen, dass sie nicht bemerkt hatte, wie der Friedhofsgärtner hinter sie getreten war.

„Nein, nein, ich geh bloß gern auf Friedhöfen spazieren", antwortete sie nun.

„Ja, das verstehe ich", brummte der Gärtner. Er war ein weißhaariger Mann, vielleicht Mitte 60, und er freute sich offensichtlich über die Gelegenheit zu einem Gespräch. Anfangs antwortete Tanja bereitwillig auf seine Fragen. Im Grunde war sie froh, dass sie mit jemanden sprechen konnte, wenn auch nur über Belangloses. Es lenkte sie ab. Aber schon nach kurzer Zeit war ihr Redebedarf gedeckt und mit der Bemerkung, sie müsse noch Besorgungen machen, verließ sie den Friedhof über den Hinterausgang.

An der gegenüberliegenden Grundschule war wohl gerade Pause. Tanja hörte das Lachen und Rufen der Kinder. Kinder ... Sie hatte immer welche haben wollen, am liebsten zwei oder drei ... Vielleicht mit Frank? Über dieses Thema hatten sie noch nie gesprochen. Warum hatte er eigentlich keine mit seiner Frau? Sie würde bei Gelegenheit das Gespräch darauf bringen. Falls es überhaupt noch eine Gelegenheit dafür gab ... Tanja spürte, wie ihr Herz wieder zu rasen begann ... Gleichzeitig fiel ihr das Hinweisschild zur katholischen Kirche ins Auge. Kurzentschlossen bog sie in die kleine Straße ein. Sonst war sie eigentlich nicht so fromm, aber heute steuerte sie nun schon zum zweiten Mal eine Kirche an! Als sie um die Ecke bog, hielt sie erstaunt inne. Auf dem Kirchhof stand ein mehr als mannshoher Leuchtturm mit rotweißen Streifen. Sie ging verwundert näher. Plötzlich fiel ihr der kleine Leuchtturm ein, den sie gestern in Waldeck gekauft hatte. Frank hatte ihn gar noch nicht zu Gesicht bekommen. Meine Güte, wie unbeschwert sie doch gestern noch gewesen war! Und heute war alles nur noch grauenhaft!

Tanja setzte sich auf die weiße Bank unter einem großen Kastanienbaum auf dem Kirchplatz. Ihr Blick fiel auf den Zwiebelturm der kleinen Kirche. Komisch! In Süddeutschland sahen unzählige Kirchen so aus, aber hier in Nordhessen hatte sie so einen Turm noch nicht gesehen. Eigentlich passte der so gar nicht in diese Gegend! Sicher hatte es damit eine eigene Geschichte, genau wie mit dem Leuchtturm. Der Friedhofsgärtner hätte es bestimmt gewusst, aber ihr Bedarf an einem Gespräch mit ihm war für heute gedeckt.

Langsam erhob sie sich und machte sich auf den Weg zurück zu ihrem Auto.

🕮

Der erste Bericht der Gerichtsmediziner hatte zum Glück nicht lange auf sich warten lassen. Der Tote aus dem Edersee war etwa 30 bis 35 Jahre alt. Eine etwa drei Jahre alte große Narbe wies auf eine Rückenoperation hin, die offensichtlich mit seiner Querschnittslähmung zusammenhing. Der Rollstuhl schien also sein eigener gewesen zu sein. Im Blut ließ sich eine größere Menge eines Beruhigungsmittels nachweisen, der Tod aber war etwa zwölf bis siebzehn Stunden vor dem Auffinden der Leiche durch Ertrinken eingetreten, wie das Wasser in der Lunge bewies. Die am Rollstuhl festgebundenen Hände und Füße schlossen einen Selbstmord oder auch einen Unfall mit großer Sicherheit aus. Da im Landkreis niemand als vermisst gemeldet worden war, war die Identität des Toten bislang unklar.

Kommissar Seltsam seufzte. Er griff nach den Fotos, die von der Leiche angefertigt worden waren, und machte sich erneut auf den Weg, um die in der Jugendherberge Asel untergebrachten Gäste zu befragen.

Lautes übermütiges Geschrei schlug ihm entgegen, als er den Empfangsraum betrat. Offensichtlich waren die Kinder gerade auf dem Weg in den Speisesaal. Warum um alles in der Welt mussten sie dabei so einen Lärm veranstalten? Konnten sie nicht normal miteinander reden und in einem angemessenen Tempo laufen? Ein unsanfter Stoß von hinten stoppte seine Gedanken.

„Oh, Entschuldigung!“, murmelte ein dünnes Bürschchen, bevor er sich mit rotem Kopf wieder zu seinen kichernden Kameraden gesellte. Einer von denen hatte ihm offensichtlich zuvor einen kräftigen Schubs versetzt, der zu dem Zusammenprall geführt hatte. Jetzt amüsierten sie sich über ihren Streich. Erik Seltsam schüttelte den Kopf. Nur gut, dass er normalerweise nichts mit solchen Gören zu tun hatte. Er fühlte sich jetzt schon genervt und konnte sich nicht vorstellen, länger als unbedingt nötig mit solch pubertierenden, launischen Wesen zusammen zu sein. Noch dazu, wenn sie in größeren Massen auftraten.

An der Rezeption beobachtete eine junge Frau das Treiben. Seltsam ging auf sie zu und stellte sich vor.

„Ich möchte gern die Herbergsleitung sprechen!“, sagte er und die junge Frau griff zum Haustelefon, um die Gewünschten herbei zu rufen. Kurze Zeit später erschien ein sympathisch aussehender Mann um die 50. „Ich bin Jens Sutter“, sagte er. „Ich bin der Herbergsvater. Was kann ich für Sie tun?“

Seltsam erklärte ihm mit knappen Worten den Sachverhalt und seinen Wunsch, die Angestellten und Gäste der Jugendherberge zu befragen. Jens Sutter war sichtlich erschüttert über die Informationen des Kommissars.

„Wir haben schon mitbekommen, dass ein Stück weiter auf dem See etwas los war“, sagte er. „Aber etwas Genaues wusste ich nicht. Wenn Sie unsere Gäste befragen wollen, ist das im Moment ein günstiger Zeitpunkt. Sie dürften sich gerade alle im Speisesaal befinden. Es sind zwei Schulklassen aus dem Harz und eine Konfirmandengruppe aus Marsberg mit ihren Lehrern und Betreuern.“

Lautes Stimmengewirr empfing den Herbergsvater und den Kommissar, als sie gemeinsam den Speisesaal betraten. Jens Sutter stellte sich in die Mitte des Raumes und klatschte dreimal kräftig in die Hände. Zu Seltsams Erstaunen wurde es tatsächlich merklich leiser. Nur ein paar Jungen, die gerade damit beschäftigt waren, sich gegenseitig mit zusammengeknüllten Servietten zu bewerfen, hatten offensichtlich noch nichts davon mitbekommen, dass der Herbergsvater da war und etwas mitteilen wollte. Ein Mann trat an ihren Tisch und stellte sich hinter sie, offensichtlich der Lehrer der Gruppe. Da verstummten schließlich auch sie und schauten zu Herbergsvater Sutter.

„Ich muss euch etwas Ernstes mitteilen“, fing er an zu sprechen. „Das ist Kommissar Seltsam von der Kripo Korbach“, sagte er weiter und zeigte erklärend auf seinen Begleiter. „Er hat einige Fragen an euch.“

Neugierig gingen die Blicke zu dem Kommissar und nun war tatsächlich Stille im Saal. Das schien ja interessant zu werden.

„Ich möchte euch nicht beunruhigen“, fing Seltsam an, „aber vielleicht habt ihr ja mitbekommen, dass hier am See etwas passiert ist.“

Die neugierigen und gespannten Blicke ließen den Schluss zu, dass die schreckliche Nachricht noch nicht zu ihnen durchgedrungen war. Seltsam ließ die Blicke schweifen, dann fuhr er fort: „Ein Toter ist heute Vormittag in der Nähe des Fähranlegers an der alten Aseler Brücke aus dem Edersee geborgen worden. Er war auf einem Rollstuhl festgeschnallt. Ich möchte gerne wissen, ob jemand in der letzten Zeit hier in der Nähe einen Rollstuhlfahrer gesehen hat? Oder irgendetwas, was ihm merkwürdig vorkam?“

Aufgeregtes Gemurmel setzte ein. Es legte sich aber sofort wieder, als der Kommissar den Arm hob. „Also, ich frage noch einmal: Ist jemandem etwas aufgefallen?“

Ein kleiner rothaariger Junge stieß seinen Nachbarn mit dem Ellenbogen an und flüsterte aufgeregt mit ihm.

„Was ist mit dir los?“, fragte der Kommissar.

„Wir sind gestern Vormittag auf dem Parkplatz am Waldrand gewesen. Da war eine Frau im Rollstuhl. Die war ziemlich aggressiv und hat wie irre an den Rädern rumgedreht. Wir haben gefragt, ob wir ihr helfen können, aber da hat sie uns nur angeschnauzt, wir sollten uns um unsere eigenen Sachen kümmern und sie in Ruhe lassen.“

„Und ihr seid sicher, dass das eine Frau und kein Mann war?“, fragte der Kommissar.

Die beiden Jungen nickten energisch. „Ganz sicher!“, sagten sie. „Sie hat mit ziemlich hoher Stimme gesprochen und sie war auch sonst ziemlich ... äh ... weiblich!“

Sie deuteten mit ihren Händen ein paar eindeutige Rundungen an und kicherten.

In diesem Moment klingelte Seltsams Handy. Sein Kollege Mark von der Spurensicherung meldete sich. „Ich glaube, wir haben die Stelle gefunden, wo der Rollstuhl ins Wasser gelangt ist!“, sagte er.

„Wo seid ihr?“, fragte Seltsam.

„Unten am Seeufer, bei dem Haus, das der Marburger Uni gehört“, antwortete Mark.

„Das passt gut! Ich bin in fünf Minuten bei euch!“, sagte Seltsam und verabschiedete sich von den Kindern und der Herbergsleitung mit dem Hinweis, man möge ihn anrufen, falls jemandem noch etwas einfiele.

Den größten Teil der vergangenen Nacht hatte Regine in Franks Arbeitszimmer gesessen und nach Erklärungen gesucht. An Schlaf war nicht zu denken gewesen! Sie versuchte, die verschiedensten Möglichkeiten in Gedanken durchzuspielen. Vielleicht hatte ihr Mann eine Geliebte? Sie hätte es nie für wahrscheinlich gehalten und hatte nie den leisesten Verdacht in diese Richtung gehabt. Nichts hatte sie bemerkt, was ihr Vertrauen in ihn erschüttert hätte. Aber war sie vielleicht blind und zu vertrauensselig gewesen? Hatte es vielleicht doch Hinweise gegeben, die sie hätte wahrnehmen müssen? Im Kopf ließ sie die vergangenen Wochen Revue passieren. Ab und zu war er nicht zu Hause gewesen, war manchmal länger am Stück in der Klinik geblieben, auch über Nacht. Eigentlich hätte er öfter frei haben müssen bei den vielen Überstunden. Aber auf ihre Nachfragen hatte er immer wieder betont, dass ein Freizeitausgleich momentan nicht möglich sei wegen des immer gravierenderen Personalmangels. Und obwohl sie sich manchmal gewundert hatte, dass er die offensichtliche Ausnutzung seiner Arbeitskraft so widerspruchslos hinnahm, hatte sie doch keinen Grund gesehen, an seinen Worten zu zweifeln. Sie wusste, wie viel ihm die Arbeit bedeutete und wie pflichtbewusst und gewissenhaft er seine Aufgaben in der Klinik erledigte. Und sie selbst war letztendlich stolz auf ihn gewesen und hatte es stets genossen, wenn er bei passender Gelegenheit in ihrer Gegenwart gelobt wurde.

Eine andere Erinnerung stieg in ihr auf an ein Ereignis, dem sie längst keine Bedeutung mehr beigemessen hatte. Einmal in der Nacht, als sie ihn zärtlich berührte, hatte er im Schlaf etwas gemurmelt, das sie irritiert hatte. Er hatte „Tanja“ zu ihr gesagt. Als sie ihn am nächsten Morgen danach gefragt hatte, hatte er sehr erstaunt reagiert und ihr neugieriges Nachfragen mit den Worten weggewischt, er kenne überhaupt keine Tanja. Sie hatte ihm bedingungslos geglaubt und nicht weiter darüber nachgedacht. Aber jetzt fiel ihr der Zettel mit der Handynummer und dem Buchstaben „T“ wieder ein, den sie in seinem Schreibtisch gefunden hatte. Als sie gestern die Nummer angerufen hatte, hatte die Frau am anderen Ende der Leitung gesagt, ihr Name sei Tanja und sie kenne ihren Mann beruflich. Also hatte Frank gelogen! Er kannte sehr wohl eine Tanja und bewahrte ihre Handynummer in seinem Schreibtisch auf! Aber warum log er, wenn er nichts zu verbergen hatte? Und wer weiß, was für Lügen er ihr noch aufgetischt hatte.

Regine schlug die Hände vors Gesicht und ihr stiegen die Tränen in die Augen. Hatte sie sich getäuscht in dem Mann, den sie so sehr liebte? Oder gab es vielleicht doch eine andere Erklärung für sein Verschwinden?

In der letzten Zeit hatte sie Frank manchmal dabei überrascht, wie er grübelnd vor seinem Schreibtisch saß. Das war sonst nicht seine Art. Schon seit geraumer Zeit pflegte er Berufliches und Privates strikt zu trennen. Aber gestern hatte sie doch in seiner verschlossenen Schreibtischschublade diese Krankenakte entdeckt. Wie ungewöhnlich! Vielleicht gab es dort doch einen Hinweis. Regina nahm noch einmal die Akte Walesch hervor und begann, sie genauer zu lesen. Anscheinend hatte es Probleme gegeben mit diesem Patienten. Warum hatte Frank ihr nichts davon erzählt? Sie hatte doch immer ein offenes Ohr für das, was ihn bewegte. Aber es gab ganz offensichtlich einige Dinge, von denen sie nichts wusste.

Und was hatte es mit der mysteriösen Anruferin auf sich? Möglicherweise war Frank in ernsthaften Schwierigkeiten. Verzweifelt griff Regine zum Telefon. Es spielte jetzt keine Rolle mehr, ob sie sich lächerlich machte. Der Reihe nach rief sie alle Freunde und Bekannten an. Aber niemand wusste etwas über seinen Verbleib oder über irgendwelche Probleme.

Schließlich fasste Regine einen Entschluss. „Ich werde heute Abend um 21 Uhr in der Klinik sein. Da müsste Frank wieder zur Arbeit erscheinen. Wenn nicht, dann rufe ich die Polizei an!“

🕮

Der Parkplatz am Waldrand war zugleich das Ende der Stichstraße. Von da aus führte nach rechts ein

Wanderweg durch den Wald am Steilufer des Edersees entlang Richtung Herzhausen. Nach links ging ein schmaler Waldweg direkt hinunter zum See. Hier befand sich das Sport- und Studienheim der Universität Marburg, ein etwa 70 Jahre altes Gebäude, das als Selbstversorgerhaus vor allem an den Wochenenden von Ruderern und Kanuten bevölkert wurde. Unter der Woche war es eher ruhig hier. Nur ab und zu nutzten Studierende und Forscher dieses Haus für Seminare oder Tagungen. Aber heute war hier alles verlassen und unbewohnt.

Schon von weitem sah Erik Seltsam seine Kollegen von der Spurensicherung. Der Flusslauf der Eder machte an dieser Stelle eine scharfe Kehre. Die Männer standen am Ufer, gestikulierten und deuteten in Richtung Asel. Als sie Seltsam sahen, hielten sie inne.

„Hier könnte die Stelle sein, wo der Rollstuhl ins Wasser geschoben wurde!", begrüßte ihn Mark.

Normalerweise war der Boden, auf dem sie jetzt standen, vom Wasser des Edersees bedeckt. Aber durch den niedrigen Wasserstand hatte sich innerhalb kürzester Zeit ein grüner Teppich von Gewächsen gebildet. Und tatsächlich konnte man die Spuren von schmalen Rädern und Fußabdrücken entdecken. Der heftige Regen des vergangenen Abends hatte den Boden aufgeweicht, sodass die tiefen Rillen gut zu erkennen waren. Jemand musste den Rollstuhl ein ganzes Stück ins Wasser geschoben haben. Vermutlich war er dann in der Mitte des ehemaligen Flusslaufes von der Strömung erfasst und mitgerissen worden, die durch den Starkregen heftiger als sonst war. An der alten Brücke hatte er sich dann offensichtlich am Pfeiler verkeilt und war hängen geblieben.

Der letzte Teil des mysteriösen Mordfalls schien damit klar. Aber die Hintergründe der weitaus komplizierteren Vorgeschichte lagen noch im Dunklen.

Kommissar Seltsam beschloss die Presse einzuschalten. Vielleicht konnten sich durch die Veröffentlichung des Fotos des Toten nützliche Hinweise auf dessen Identität ergeben.

🕮

Zum wiederholten Male schaute Regine auf die Uhr. Seit gut einer Stunde saß sie in ihrem Auto auf dem Klinikparkplatz. Sie stand direkt neben den für Ärzte reservierten Plätzen. Franks Auto war nicht zu sehen. Aber es war jetzt kurz vor neun, und wenn er pünktlich zum Dienst erscheinen wollte, müsste er jetzt endlich kommen. Sie hatte die Zufahrt genau im Blick. Um diese Tageszeit kamen eigentlich nur die Ärzte und Schwestern, deren Nachtdienst nun begann.

Regine wusste nicht, wie oft sie im Laufe des vergangenen Tages versucht hatte, Frank auf seinem Handy zu erreichen. Inzwischen war sie sich sicher, dass etwas Schlimmes passiert sein musste. Sie beschloss, noch eine Viertelstunde zu warten und dann in die Klinik hineinzugehen, um nach ihrem Mann zu fragen.

Kaum war sie in der chirurgischen Abteilung angekommen, wurde sie schon von dem diensthabenden Assistenzarzt angesprochen. Sie erkannte in ihm Andreas Sperr, der sich ihr kürzlich auf einer Betriebsfeier vorgestellt hatte.

„Ach, Frau Hartinger! Schön Sie zu sehen!“, begrüßte er sie. „Wo bleibt denn Ihr Mann? Ist er krank? Er wird schon dringend erwartet!“, sprach er weiter.

In diesem Moment wurde es Regine schwarz vor Augen. Instinktiv hielt sie sich am Handlauf im Gang fest und merkte noch, wie der junge Arzt ihr beherzt unter die Arme griff, um sie vor dem Sturz zu bewahren. Eine herbeigeeilte Schwester schob ihr einen Stuhl unter.

„Was ist denn mit Ihnen los?“, fragte Andreas Sperr erschrocken. Regine schossen die Tränen in die Augen. Die ganze aufgestaute Angst und Unsicherheit der letzten zwei Tage brachen aus ihr heraus und sie redete und redete. Sie erzählte von der mysteriösen Anruferin und von ihren erfolglosen Versuchen, ihren Mann zu erreichen. Auch den aufgebrochenen Schreibtisch ließ sie nicht aus und ihre vergeblichen Versuche, Informationen von Freunden und Bekannten zu bekommen. Hilflos streichelte die Schwester ihre Hand, während Andreas ihr aufmerksam zuhörte.

„Hören Sie“, sagte er, als sie schließlich erschöpft innehielt, „ich kann Ihnen auch nichts darüber sagen, wo Ihr Mann geblieben ist und ob er eine Geliebte hat oder ob er in Gefahr ist. Mir ist an ihm nichts aufgefallen und er hat keinerlei Andeutungen gemacht. Aber eines weiß ich: Dass er heute nicht zum Dienst erschienen ist, ist mehr als ungewöhnlich. Und das, was Sie mir gerade erzählt haben, klingt in der Tat sehr beunruhigend. Sie müssen zur Polizei gehen! In einer halben Stunde habe ich hier Feierabend. Wenn Sie wollen, werde ich Sie begleiten!“

„Wer kennt diesen Mann?“ So lautete die Schlagzeile der Waldeckischen Landeszeitung, die das Bild des Toten am darauffolgenden Tag auf ihrer Titelseite präsentierte.

Schwester Barbara saß während ihrer Pause teetrinkend in der Cafeteria des Krankenhauses in Reinhardshausen, als ihr Blick eher zufällig auf den Zeitungsständer und auf das Foto fiel. Sie stutzte. Irgendwie kam ihr das Gesicht bekannt vor, aber sie konnte es nicht zuordnen, wo und wann sie diesem Menschen schon einmal begegnet war. Sie griff nach der Zeitung und überflog den Bericht über das mysteriöse Auffinden des Toten. Die Information, dass er querschnittsgelähmt gewesen war, brachte sie schließlich weiter. Es konnte eigentlich nur hier in der Klinik gewesen sein, wo sie ihm begegnet war.

Aber es war mit Sicherheit schon eine ganze Weile her. Kurz entschlossen kaufte sie die Zeitung. Sie musste ihre Kollegin Lydia fragen. Die hatte ein Gedächtnis wie ein Elefant. Wenn der Tote jemals in ihrem Krankenhaus gewesen sein sollte, würde sie sich ganz sicher daran erinnern.

Barbara stellte ihre Teetasse auf den Geschirrwagen und fuhr mit dem Fahrstuhl zur Station. Schnurstracks steuerte sie auf das Schwesternzimmer zu. Lydia war gerade am Telefon und organisierte einen Taxitransport für einen Patienten, der heute entlassen werden sollte. Ungeduldig wartete Barbara, bis sie den Hörer auflegte.

„Kennst du den?“, fragte sie dann und schob ihrer Kollegin die Zeitung mit dem Foto des Toten direkt vor die Nase. Lydia betrachtete aufmerksam das Bild.

„Kommt mir bekannt vor“, sagte sie dann. „Warte mal ...“

Man konnte ihr förmlich ansehen, wie ihre grauen Zellen anfingen zu arbeiten.

„Der war vor einiger Zeit hier bei uns!“, sagte sie. „Der hatte, glaube ich, einen Sportunfall und ist hier operiert worden. Aber irgendwie war das nicht besonders erfolgreich. Jedenfalls blieb er querschnittsgelähmt. Weißt du nicht, das muss in dem Sommer gewesen sein, als die olympischen Spiele in London waren. Klar, ich weiß noch, dass er dauernd Fernsehen geschaut hat und sehr verbittert darüber war, dass er selbst nie wieder würde laufen können.“

Lydia hielt inne und schaute ihre Kollegin an. Barbara hatte es gewusst: Wenn jemand sich an frühere Patienten erinnerte, dann Lydia. So langsam kam auch sie auf die Sprünge. Dieser Mann war kein unauffälliger Mensch gewesen, den man bald wieder vergaß. Nein, dieser Patient war zunehmend schwieriger geworden. Ihr fiel wieder ein, dass seine Ehefrau ihn jeden Tag besucht hatte. Sie hatte alles versucht, um ihm Mut zu machen, hatte schließlich von den Schwestern jeden Handgriff abgeschaut, damit sie später zu Hause selbst die Pflege übernehmen konnte. Mit großer Geduld war sie auf seine Stimmungen eingegangen, aber es war ihr nicht gelungen, seine abgrundtiefe Verzweiflung zu mildern. Natürlich war es ein schrecklicher Schicksalsschlag, den er zu verkraften hatte. Barbara konnte das nachempfinden. Jeden Tag begegneten ihr hier Menschen, deren Lebensplanungen durch eine Krankheit oder einen Unfall plötzlich total zerstört wurden. Aber die meisten versuchten nach einiger Zeit wenigstens, sich mit der neuen Situation zu arrangieren und die Hilfen in Anspruch zu nehmen, die sich ihnen boten. Nicht so dieser Patient. Auch das Gespräch mit dem Krankenhaus-Seelsorger und dem Psychologen hatte er vehement abgelehnt. Seine tiefe Resignation war bis zum Schluss geblieben und hatte sich schließlich in Aggressivität gegen jeden gewandelt, der sich ihm freundlich näherte. Die Schwestern hatten bei seiner

Entlassung seine Frau bedauert, die seine Beschimpfungen ertragen und nun weiter mit ihm leben musste.

„Wie hieß der bloß?“, grübelte Lydia. „Sagte seine Frau nicht immer Harry zu ihm?“

Barbara schaute sie an. „Na klar!“, sagte sie dann. „Den wilden Harry haben wir ihn doch heimlich immer genannt! Aber wie er wirklich hieß – keine Ahnung mehr!“

„Lass uns zum Chef gehen“, schlug Lydia vor. „Soll der entscheiden, was zu tun ist.“

Ein paar Minuten später klopften sie mit der Zeitung in der Hand an die Bürotür des Chefarztes und berichteten ihm von ihren Erkenntnissen.

Dr. Sand benötigte nur kurze Zeit, um im Computer alle nötigen Daten zu finden. Er griff zum Telefon und wählte die Nummer der Polizei. Nachdem er sich kurz vorgestellt hatte, sagte er: „Der Tote, dessen Bild Sie heute in der WLZ veröffentlicht haben, war vermutlich im Jahr 2012 Patient unserer Klinik. Sein Name ist Harald Walesch.“

Noch immer keine Lebenszeichen! Noch immer keine noch so vage Erklärung für Franks mysteriöses Verschwinden! Tanja legte die Zeitung beiseite, die sie mechanisch durchgeblättert hatte, ohne darin zu lesen. Wieder frühstückte sie allein auf der Terrasse und zwang sich, wenigstens ein kleines bisschen zu essen. Auch in dieser Nacht hatte sie kaum geschlafen.

Nur ab und zu war sie ein wenig eingedämmert, war aber immer wieder aufgeschreckt. Dieser Zustand war auf Dauer nicht auszuhalten! Inzwischen hatte der Akku von Franks Handy den Geist aufgegeben und sie hatte es kurzerhand in ihre Nachttischschublade gelegt, um es nicht dauernd anstarren zu müssen. Ihr war erschreckend bewusstgeworden, dass sie nur noch ein paar Tage Urlaub hatte. Dann würde sie nach Freiburg zurückfahren müssen. Der Gedanke daran verursachte ihr Übelkeit. Was, wenn sich bis dahin Franks Verschwinden nicht aufgeklärt hatte? Sollte sie einfach zurückfahren, so als hätte es ihn nie gegeben? Als hätten sie sich nie getroffen? Und als hätte es nie die leidenschaftlichen Tage und Nächte gegeben, die sie miteinander geteilt hatten? Sollte er sang- und klanglos für immer aus ihrem Leben verschwunden sein, ohne dass sie jemals den Grund dafür erfahren würde? Wie könnte sie mit diesen offenen Fragen, mit diesen Verletzungen umgehen?

Schon jetzt wusste sie, dass sie das nicht würde ertragen können. Alles war besser als die quälende Ungewissheit, die Angst und die Zweifel. Entschlossen griff sie zu ihrem Handy. Auf die Gefahr hin, dass sie Frank brüskierte oder in Schwierigkeiten brachte – sie würde jetzt auf der Stelle seine Frau anrufen und sie über den Verbleib ihres Mannes befragen.

Das Rufzeichen ertönte nur ein einziges Mal, da meldete sich am anderen Ende bereits Regine Hartinger. Ihre Stimme klang gehetzt und angespannt.

„Ja bitte?“, fragte sie.

„Guten Morgen, hier ist Tanja Rulberg. Sie hatten mich vorgestern angerufen, erinnern Sie sich? Ihr Anruf hat mich etwas beunruhigt. Ich wollte nur hören, ob Ihr Mann nach Hause gekommen ist und ob es ihm gut geht?“

Tanja hielt das für eine unverfängliche Frage. Es klang wie freundliches Interesse, mehr nicht. Wenn Frank wieder zu Hause aufgetaucht war, würde sie sich damit zufriedengeben und das Gespräch beenden. Aber statt einer Antwort hörte sie nur ein unterdrücktes Schluchzen am anderen Ende der Leitung. Das bedeutete nichts Gutes.

Es dauerte eine Weile, bis sich Regine wieder so weit gefasst hatte, dass sie sprechen konnte.

„Hören Sie“, stammelte sie. „Ich weiß noch immer nicht, wer Sie eigentlich sind. Aber ich flehe Sie an: Wenn Sie irgendetwas mit meinem Mann zu tun haben, wenn Sie irgendetwas von ihm wissen, dann müssen wir miteinander reden.“

Wieder wurde sie von einem Weinkrampf unterbrochen. Tanja schluckte. Am liebsten hätte sie mitgeheult. Stattdessen fragte sie: „Wo können wir uns treffen?“

Eine Stunde später parkte Tanja ihr Auto im Parkhaus gegenüber dem Ärztehaus in Bad Wildungen. Sie ging ein Stück die Laustraße entlang und gelangte nach wenigen Minuten an die Treppe, die zum Kurpark hinunterführte. Nur wenige Spaziergänger waren heute hier unterwegs. Ein Gärtner wuselte zwischen zwei Beeten herum. Es war ein schönes Gelände und manches in der gepflegten Anlage erinnerte noch an die Landesgartenschau, die vor einigen Jahren hier stattgefunden und ihre Spuren hinterlassen hatte.

Schon von weitem sah Tanja die junge, schlanke Frau, die auf der Bank bei den Rosenbeeten saß und nervös hin und her blickte. Das musste Regine sein! Tanja schlug das Herz bis zum Hals. Da saß die Frau, die sie selbst mit Frank betrogen hatte, Sie hatte sich nie sehr viele Gedanken über sie gemacht, hatte nie nachgefragt, wie die Beziehung zwischen den beiden Eheleuten gewesen war. Dieses Thema hatte Frank immer ausgespart und Tanja hatte es akzeptiert. Das war seine eigene Welt gewesen, zu der sie keinen Zutritt hatte und eigentlich auch nicht haben wollte. Aber jetzt wurde diese Frau plötzlich auch für sie Realität. Wie würde Frank diese Situation beurteilen? Was würde er sich wünschen, wie sie sich verhalten sollte? Aber da sie nicht wusste, in welcher Lage er sich momentan befand, konnte sie auch keine Antwort auf diese Frage finden. Seufzend schickte sie ein Stoßgebet zum Himmel. „Lass mich das Richtige tun!“, murmelte sie. Dann ging sie entschlossen auf die Bank zu und setzte sich neben Regine.

„Ich bin Tanja Rulberg“, stellte sie sich vor.

„Regine Hartinger“, sagte die andere.

An ihren geröteten Augen konnte man erkennen, dass sie geweint hatte. Nervös knäulten ihre Hände ein Taschentuch zusammen. Ihre Hilflosigkeit erschütterte Tanja und spiegelte zugleich ihre eigene Verzweiflung wider. Am liebsten hätte Tanja sie in den Arm genommen und mit ihr zusammen ihren Tränen freien Lauf gelassen. Sie weinten doch um denselben Mann ...

Nach kurzem Schweigen schaute Regine Tanja direkt an und sagte leise:

„Bevor Sie irgendetwas sagen, will ich nur eines wissen: Sind Sie die Geliebte meines Mannes?“

Tanja schoss das Blut in die Wangen. Mit dieser direkten Frage hatte sie nicht gerechnet. Sie hatte nie ein schlechtes Gewissen gehabt wegen ihrer Beziehung zu einem verheirateten Mann, aber jetzt schämte sie sich. Und außerdem hatte sie nicht erwartet, dass ihr diese Frau auf Anhieb so sympathisch sein würde. Es fühlte sich scheußlich an, ihr weh zu tun. Dennoch hielt sie ihrem Blick stand und nickte.

Kommissar Seltsam blätterte zerstreut in den Protokollen der vergangenen Nacht, als ihn der Anruf von Dr. Sand aus Reinhardshausen erreichte. Zunächst dachte er, es hätte mit der Meldung zu tun, die er gerade überflogen hatte. Ein junger Arzt war gestern Abend von seiner Ehefrau als vermisst gemeldet worden. Aber man hatte in diesem Fall noch nichts unternommen, denn schließlich kam es immer wieder mal vor, dass ein ehemüder Mann sich eine Auszeit nahm und irgendwann später wieder auftauchte. Und auch die vagen Vermutungen und Ängste einer beunruhigten und bislang ahnungslosen Ehefrau, die nicht wahrhaben wollte, dass ihre Ehe vielleicht nicht mehr so ganz intakt war, waren für die Polizei nichts Ungewöhnliches. So hatte der diensthabende Kollege die Anzeige zwar protokolliert, hatte aber noch keine Veranlassung gesehen, sofort ermittelnd tätig zu werden.

Seltsam merkte schnell, dass der jetzige Anrufer ein ganz anderes Anliegen hatte, und seine Gedanken waren sofort wieder bei dem Toten aus dem Edersee. Merkwürdig war, dass die Information über die vermutliche Identität des toten Rollstuhlfahrers aus derselben Klinik kam, in der der vermisste Arzt arbeitete. War das ein Zufall oder gab es da einen Zusammenhang? Seltsam beschloss, unverzüglich in die Klinik nach Reinhardshausen zu fahren und bat den Arzt, sich zur Verfügung zu halten und, wenn möglich, schon mal alle Unterlagen über den ehemaligen Patienten herauszusuchen.

Eine knappe Stunde später saßen sich die beiden Männer gegenüber. „Ich bin ziemlich sicher, dass es sich bei dem Toten und unserem ehemaligen Patienten Harald Walesch um ein und dieselbe Person handelt“, sagte Dr. Sand, nachdem er sich eingehend die Fotos des Gerichtsmediziners angeschaut hatte. Er schilderte dem Kommissar in groben Zügen den Krankheitsverlauf, erwähnte die erfolglose Operation und die sich daraus entwickelnde zunehmende Depression und Aggressivität, die sich vor allem gegen den behandelnden Arzt gerichtet hatte, obwohl diesem in keiner Weise irgendein fehlerhaftes Verhalten vorgehalten werden konnte.

„Wir haben Herrn Walesch nach sechs Wochen nach Hause entlassen, als er für uns austherapiert war. Wir haben wirklich alles medizinisch Mögliche für ihn getan. Trotzdem war er bis zum Schluss davon überzeugt, dass allein sein Operateur die Schuld an seinem Schicksal trüge."

„Wer hat ihn denn operiert?", fragte Seltsam.

„Dr. Frank Hartinger. Ein kompetenter und gewissenhafter Kollege. Er hat ganz sicher keinen Fehler gemacht! Ich würde Sie gerne mit ihm bekannt machen – aber er ist gestern Abend überraschenderweise nicht zum Dienst erschienen und seine Ehefrau weiß auch nicht, wo er ist. Das ist wirklich unerklärlich!" Nachdenklich rieb sich der Arzt über die Stirn.

„Seine Frau hat ihn bereits als vermisst gemeldet", bestätigte der Kommissar.

„Hat sich denn Herr Walesch nach seiner Entlassung noch einmal in Ihrer Klinik gemeldet?", fragte er weiter.

„Nein. Obwohl wir ihm ausdrücklich angeboten haben, eine regelmäßige Nachsorge zu übernehmen.

Er hat mehrfach betont, dass er mit uns nichts mehr zu tun haben möchte und alle nötigen Nachbehandlungen in seiner Heimatstadt Hameln machen wolle. Zu seinem dortigen Arzt haben wir auch alle medizinischen Unterlagen gefaxt."

„Kann ich die Krankenakten einsehen? Die ärztliche Schweigepflicht dürfte durch den Mordfall ja wohl aufgehoben sein!"

„Ja, sehen Sie, jetzt kommt die nächste Merkwürdigkeit: Normalerweise bewahren wir die Unterlagen ehemaliger Patienten gesondert auf. Aber in diesem Fall fehlt eine Akte, die den OP-Verlauf dokumentiert. Ich habe bereits eine Schwester damit beauftragt, sie zu suchen, aber sie hat sie bis jetzt nicht finden können. Vielleicht könnte uns Dr. Hartinger weiterhelfen. Aber dazu müsste er erst einmal wieder auftauchen …"

„Hatte Dr. Hartinger nach der Entlassung des Patienten noch einmal Kontakt zu ihm?", fragte Seltsam.

„Davon ist mir nichts bekannt", entgegnete der Arzt. „Herr Walesch hatte zwar angedroht, er wolle gegen ihn klagen, aber wenn er es getan hätte, hätte ich davon Kenntnis bekommen. Aber jetzt frage ich mich natürlich, ob ein Zusammenhang besteht zwischen dem Auffinden des Toten und dem mysteriösen Verschwinden von Dr. Hartinger. Das ist doch ein merkwürdiges Zusammentreffen!"

Erik Seltsam hatte denselben Gedanken und war sicher: Wenn es einen Zusammenhang gäbe, würde er ihn herausfinden. Zuallererst musste er Kontakt zu der Ehefrau des Toten aufnehmen. Aber da er nun schon einmal in Reinhardshausen war, wollte er auf dem Weg ins Büro erst noch die Frau des verschwundenen Arztes in Bad Wildungen aufsuchen. Er nahm die vorhandenen Patientenunterlagen an sich und verließ die Klinik.

Regine saß in eine Decke gehüllt auf ihrem Lieblingssessel und schaute mit verweinten Augen aus dem Fenster. Auf dem kleinen Tisch vor ihr stand die gläserne Teekanne auf dem Stövchen, daneben die Tasse, die sie schon zweimal geleert hatte. Von unten klang gedämpft der Lärm der Straße herauf. Wie durch einen dichten Nebel nahm Regine die Menschen wahr, die in Richtung Brunnenallee unterwegs waren oder von dort zurückkamen. Normalerweise genoss sie diesen Ausblick, aber heute war sie viel zu sehr gefangen in ihren eigenen Gedanken.

Sie konnte es noch immer nicht begreifen: Da hatte ihr Mann sie doch tatsächlich seit geraumer Zeit betrogen, ohne dass sie auch nur den leisesten Verdacht geschöpft hatte. Sie hatte ihm vertraut, hatte ihn bedingungslos geliebt und hätte jederzeit geschworen, dass er es genauso ehrlich mit ihr meinte. Umso tiefer saßen jetzt die Enttäuschung und der Schmerz, dass sie sich so bitter geirrt hatte. Seine Zärtlichkeit zu ihr – war alles bloß Lüge gewesen? Hatte er an die andere gedacht, während sie selbst in seinen Armen lag? Konnte man sich so in einem Menschen täuschen, den man zu kennen glaubte? Sie fühlte sich durch seine Verlogenheit abgrundtief verletzt. Gerne hätte sie ihm jetzt ihre Gedanken ins Gesicht geschleudert, hätte ihre Wut rausgelassen und ihn zur Rede gestellt – aber auch das war ihr durch seine Abwesenheit verwehrt. War es bei seinem plötzlichen Verschwinden vielleicht ebenso ihrer eigenen Blindheit und Naivität geschuldet, dass sie gar nicht wahrgenommen hatte, dass er etwas vorhatte, von dem sie nicht die geringste Ahnung hatte? Aber auch seine Geliebte wusste ja nichts über seinen Verbleib. Komisch. Wenn sie diese Frau in einer anderen Situation kennengelernt hätte, wäre sie ihr sicher sympathisch gewesen. Tanja war herzlich und offen, es passte eigentlich gar nicht zu ihr, dass sie sich mit einem verheirateten Mann eingelassen hatte. Ihre Angst und ihre Sorge um Frank waren echt gewesen, und für einen Moment hatte sich Regine in ihrer Not nicht alleine gefühlt – trotz der ungeheuerlichen Wahrheit, die zwischen ihnen stand. Sie hatte Tanja von dem bedrohlichen Anruf erzählt, den sie erhalten hatte und den sie noch immer nicht zu deuten wusste. Und Tanja hatte sich daran erinnert, dass Frank ein merkwürdiges Erlebnis erwähnt hatte, kurz bevor er sich mit ihr in Hemfurth getroffen hatte. Die beiden Frauen waren auseinander gegangen mit dem Versprechen, sich gegenseitig zu informieren, wenn es etwas Neues gab. Außerdem hatte ihr Tanja

Franks Handy zurückgegeben. Der Akku war leer, und es lag nun stumm auf dem kleinen Tisch vor ihr. Sie hatte eine Weile vergeblich nach dem Ladekabel gesucht und es bald aufgegeben. Aber sie hätte ohnehin nicht die PIN-Nummer gewusst.

Regine seufzte tief und wollte sich gerade einen frischen Tee eingießen, als es an der Tür klingelte. Sie sprang auf und öffnete.

„Guten Tag. Mein Name ist Kommissar Erik Seltsam, Kripo Korbach. Darf ich einen Moment hereinkommen?"

Seltsam zeigte seinen Dienstausweis und betrat das Zimmer. Regine bot ihm einen Platz an und fragte nervös: „Haben Sie etwas von meinem Mann in Erfahrung gebracht?"

Seltsam schüttelte den Kopf. „Die Kollegen in Bad Wildungen haben mich über sein Verschwinden informiert. Leider haben wir diesbezüglich noch keine Erkenntnisse. Aber vielleicht gibt es einen Zusammenhang zu einem früheren Patienten. Sagt Ihnen der Name Harald Walesch etwas?"

„Da gibt es eine Akte mit diesem Namen im Schreibtisch meines Mannes. Ich habe sie zufällig gesehen. Aber da sind nur Patientendaten drin. Warten Sie, ich hole sie."

Regine lief ins Arbeitszimmer und holte die Akte, die der Kommissar flüchtig durchblätterte. Dann fragte er Regine noch einmal über das Verschwinden ihres Mannes aus. Dabei erfuhr er auch von der

Begegnung mit Tanja Rulberg und notierte sich ihre Handynummer und die Adresse ihrer Waldecker Pension. Kurze Zeit später saß er wieder in seinem Auto. Die Akte Walesch hatte er neben sich, ebenso Frank Hartingers Handy. Die Kollegen würden es auch ohne PIN schon wieder zum Laufen kriegen. Vielleicht konnten die Telefonate ein bisschen mehr Licht in die Angelegenheit bringen.

Sein knurrender Magen erinnerte Seltsam daran, dass er heute noch nichts Richtiges gegessen hatte. Das war immer so: Wenn Ermittlungen auf Hochtouren liefen, kamen die normalen menschlichen Bedürfnisse meist zu kurz. Da war keine Zeit, um irgendwo in aller Ruhe ein nettes Essen zu genießen, da war man froh, wenn man zwischen zwei Terminen mal schnell irgendwo einen Bissen in den Mund schieben konnte. Als er durch Giflitz fuhr, sah er aus dem Augenwinkel das Schild am Straßenrand: „Die vielleicht beste Currywurst der Welt".

„Na super, das passt!", murmelte Seltsam und trat auf die Bremse. So lange musste der Fall jetzt warten ...

„Hier ist der Anschluss von Harald und Irene Walesch. Wir sind vorübergehend nicht erreichbar. Bitte versuchen Sie es später noch einmal!"

Die weibliche Stimme auf dem Anrufbeantworter kannte Seltsam inzwischen in- und auswendig. Seit er wieder zurück in seinem Büro war, versuchte er erfolglos, Irene Walesch zu erreichen. Schließlich beschloss er, die Kollegen in Hameln zu verständigen und sie um Mithilfe zu bitten. Bis diese sich wieder meldeten, würde er Kontakt mit der Geliebten dieses Dr. Hartinger aufnehmen und sie zu einem Gespräch vorladen.

Tanja lag grübelnd auf ihrem Bett. Das Treffen mit Franks Frau hatte sie innerlich sehr mitgenommen. Ihr anfängliches Unbehagen war einem tiefen Gefühl des Mitleids gewichen. Mein Gott, Regine war bis zum Verschwinden ihres Mannes tatsächlich völlig ahnungslos gewesen und hatte ihm bedingungslos vertraut. Tanja verstand sich mit einem Mal selbst nicht mehr, dass sie sich bislang so gar keine Gedanken über die Frau ihres Geliebten gemacht hatte. Ohne dass Frank je darüber gesprochen hatte, war sie davon ausgegangen, dass seine Ehe nicht besonders harmonisch gewesen war. Regine hatte ihr nun ein ganz anderes Bild beschrieben und Tanja musste sich eingestehen, dass sie sich etwas vorgemacht hatte, wenn sie geglaubt hatte, dass Frank nur bei ihr Liebe und Geborgenheit gefunden hatte. Plötzlich überkam sie das Bedürfnis nach einer langen, heißen Dusche. Wenn das Wasser stark genug über ihren Kopf laufen würde, würde es vielleicht einen Teil ihrer Unsicherheit und ihrer Unruhe mit wegspülen …

Durch das Rauschen des Wasserstrahls hindurch hörte Tanja die Anrufmelodie ihres Handys. Hektisch stellte sie das Wasser ab, warf sich das Handtuch über und rannte zu ihrem Nachttisch. Der Anrufer stellte sich als Kommissar Seltsam vor und bat sie wegen des Verschwindens von Dr. Hartinger um ein Gespräch in die Korbacher Polizeistation. Das Herz klopfte Tanja bis zum Hals. Sie beeilte sich zu versichern, dass sie in einer Stunde da sein könnte. Endlich hatte sie das Gefühl, dass irgendetwas passierte und eine kompetente Stelle sich um das Problem kümmerte.

In aller Eile rubbelte sie sich die Haare trocken und zog sich an. Dann setzte sie sich ins Auto und fuhr Richtung Korbach.

Ganz in Gedanken bemerkte sie den Blitzer am Straßenrand in Meineringhausen erst, als es zu spät war. Mist! Jetzt würde sie zu allem Überfluss noch eine Strafe zahlen müssen! Sie trat auf die Bremse und fuhr in gemäßigtem Tempo weiter. Schon früher war sie einmal zusammen mit Frank in Korbach gewesen. Damals hatten sie ihr Auto im Parkhaus abgestellt und waren von da aus in die nahe Fußgängerzone gegangen. Heute parkte sie am Schwimmbad. Der Kommissar hatte gesagt, die Polizeistation befinde sich unmittelbar daneben. Tanja zog einen Parkschein und legte ihn gut sichtbar hinter die Windschutzscheibe. Ein Strafzettel pro Tag reichte!

Die Informationen, die Seltsam von den Hamelner Kollegen über Harald Walesch erhielt, passten ins Bild, das die Ärzte und Schwestern der Reinhardshäuser Klinik von dem ehemaligen Patienten gezeichnet hatten. Irene Walesch war zwar nach wie vor nicht zu Hause gewesen, als die Kollegen sie aufsuchen wollten, aber Nachbarn hatten berichtet, dass der Mann in zunehmendem Maße unleidlich und aggressiv gewesen sei. Insbesondere habe das seine Frau zu spüren bekommen. Obwohl sie ihn aufopfernd pflegte und ihn immer wieder mit dem Rollstuhl herumfuhr, habe er sie oft beschimpft und ihr vorgeworfen, dass sie ihn nicht verstünde und ihm nicht in der Weise helfe, die er für angemessen hielt. An manchen Tagen sei er sehr depressiv gewesen und habe immer wieder geäußert, dass das Leben für ihn sinnlos sei und dass es besser wäre, wenn er sterben würde. Er habe sogar lautstark von seiner Frau verlangt, ihm dabei zu helfen, und wenn sie ihm das auszureden versuchte, habe er sie wüst beschimpft. Die arme Frau habe oft geweint und sich immer mehr von den Nachbarn zurückgezogen.

Vor etwa einer Woche habe ein Nachbar beobachtet, dass Frau Walesch das Wohnmobil für eine Reise vorbereitet hatte. Er wollte sich nach ihren Plänen erkundigen, aber sie habe das Gespräch abgeblockt. Kurze Zeit später sei sie zusammen mit ihrem Mann weggefahren. Seitdem habe man sie nicht mehr gesehen.

Seltsam fiel die Krankenakte ein, die er gestern von Frau Hartinger mitgenommen hatte. Er holte sie hervor und begann zu lesen. Als Nichtmediziner verstand er nur einen Teil von dem, was dort beschrieben war. Aber selbst für ihn als Laien war es ersichtlich, dass hier der genaue Krankheitsverlauf des Patienten Walesch akribisch dokumentiert war. Es gab detaillierte Berichte von der Art der Verletzungen, der durchgeführten Operationen und Nachbehandlungen und alles war mit Bildern und Röntgenaufnahmen ergänzt. Offensichtlich hatte Hartinger den ganzen Vorgang noch einmal gedanklich nachvollzogen. Aber warum? Immerhin lag der Aufenthalt des Patienten in Bad Wildungen schon einige Jahre zurück.

Nachdenklich legte Seltsam die Akte beiseite und kratzte sich am Kopf. Er wollte sich gerade einen neuen Kaffee einschütten, als seine Assistentin hereinkam und ihm ein Papier auf den Tisch legte, das sie soeben ausgedruckt hatte. Die umsichtigen Hamelner Kollegen hatten ein Foto von Irene Walesch und die Zulassungsdaten des Wohnmobils gemailt. Damit würde er noch einmal die Campingplätze in der Umgebung befragen müssen. Irgendwo hier in der Gegend mussten sich Irene und Harald Walesch schließlich in der letzten Zeit aufgehalten haben. Wenn er Glück hatte, war der Wagen auf einem der

Plätze angemeldet worden. Seufzend wurde Seltsam bewusst, wie viele das waren. Aber eigentlich konnte er mit diesen Nachforschungen auch seine Assistentin beauftragen. Die würde sicher froh sein, mal wieder dem Büroalltag entfliehen zu können.

Er war noch damit beschäftigt, seine Mitarbeiterin mit den nötigen Informationen zu versehen, als ihm gemeldet wurde, Tanja Rulberg sei angekommen. Kurze Zeit später saß sie ihm gegenüber. Sie wirkte nervös und angespannt, offensichtlich hatte sie wenig geschlafen in der letzten Zeit. Sie sprach stockend und man merkte ihr an, wie sehr sie die ganze Sache mitnahm. Aber Seltsam gewann im Laufe des Gesprächs immer mehr den Eindruck, dass sie bereit war, ehrlich und kooperativ alles zu erzählen, was sie wusste. Als sie schilderte, wie sie am Tag von Franks Verschwinden von der Eisdiele zurückgekommen war und ihn nicht mehr vorgefunden hatte, brach sie in Tränen aus.

„Bitte erinnern Sie sich noch einmal genau!“, bat Seltsam. „War Ihr Freund an diesem Tag in irgendeiner Weise anders als sonst?“

„Er war zärtlich wie immer“, sagte Tanja und unterdrückte ein Schluchzen. „Aber als wir uns in Hemfurth trafen, hatte er sich verspätet. Irgendwas hat er erwähnt, dass er gerade etwas Merkwürdiges erlebt hat, was ihn aufgehalten hat. Aber wir haben dann nicht mehr davon gesprochen. Wir haben unser Wiedersehen genossen …“

„Hat er Ihnen gegenüber einmal den Namen Harald Walesch erwähnt?“, fragte Seltsam.

Tanja dachte kurz nach und schüttelte den Kopf. „Nein“, sagte sie. „Nicht, dass ich wüsste. Wer ist das? Hat der irgendwas mit Franks Verschwinden zu tun?“

„Das wissen wir noch nicht“, murmelte Seltsam und bat Tanja, sich für eventuelle weitere Fragen in den nächsten Tagen zur Verfügung zu halten.

🕮

Aufgelöst verließ Tanja das Kommissariat. Das Gespräch hatte sie aufgewühlt. Sie konnte sich nicht entschließen, jetzt zurück nach Waldeck zu fahren und dort in ihrer Unruhe allein den Rest des Tages zu verbringen. Stattdessen beschloss sie, zu Fuß in die Innenstadt zu gehen und dort ein wenig in der Fußgängerzone herumzulaufen. Ein kaltes Getränk würde ihr jetzt guttun.

Vorhin war sie auf ihrem Weg am Postamt vorbei gefahren. Diesem Weg folgte sie auch jetzt, bis die nächste große Querstraße nach unten in Richtung Stadtmitte führte. Die Straße war ziemlich belebt, aber Tanja gelang es, zwischen zwei Autos auf die gegenüberliegende Seite zu kommen. Ihr Blick blieb an einem Haus hängen. „Amtsgericht Korbach“, las sie. Sie hatte gar nicht gewusst, dass es so eine Institution in einer kleinen Stadt wie dieser überhaupt gab. Sie verlangsamte ihre Schritte und ließ ihren Gedanken freien Lauf. Wie immer, wenn sie so ein

Gebäude betrachtete, stiegen unwillkürlich Bilder in ihrer Phantasie auf. Sie stellte sich vor, wie vielleicht gerade in diesem Moment Menschen in den Gerichtssälen saßen und auf ein Urteil warteten, das für ihr weiteres Leben bedeutsam sein würde. Vielleicht hatten sie in irgendeiner Weise Schuld auf sich geladen, vielleicht waren sie aber auch nur einem Irrtum zum Opfer gefallen oder sogar unschuldig eines Vergehens bezichtigt worden. Vielleicht versuchten streitende Nachbarn, hier zu ihrem Recht zu kommen. Welche Beziehungsdramen mochten sich in diesem Haus wohl auch manchmal abspielen, wie viel Verbitterung und Anklage mochten die alten Mauern wohl schon gehört haben! Tanja malte sich aus, wie Richter und Anwälte in ihren Roben in den Gerichtsälen saßen, wie sie auf der Suche nach der Wahrheit waren und schließlich über Schicksale berieten und urteilten. Tanja selbst hatte noch nie mit dem Gericht zu tun gehabt. Sie kannte Gerichtsverhandlungen nur aus dem Fernsehen, aber sie hatte es immer spannend gefunden, ob und wie die Wahrheit schließlich zu Tage trat. Sie seufzte tief. Nichts wünschte sie sich sehnlicher, als dass auch in Bezug auf Franks Verschwinden die Wahrheit so bald wie möglich ans Licht kam ...

Kurz entschlossen schlenderte sie die Seitenstraße weiter. Zur Fußgängerzone konnte sie immer noch gehen, ein kleiner Umweg schadete nichts. Schon nach wenigen Schritten entdeckte sie am Obermarkt den Eine-Welt-Laden mit einem integrierten Café. Es war fast leer, nur ein Pärchen mittleren Alters saß an einem Fensterplatz und genoss ganz offensichtlich die gemeinsame Zeit bei einem Glas Sekt. Ihr Hund, ein Australien Shepard, lag ruhig unter ihrem Tisch und hob kurz den Kopf, als die Tür aufging.

Tanja trat ein, setzte sich an einen freien Tisch und wurde sogleich freundlich nach ihren Wünschen gefragt.

„Ich hätte gerne einen frischen Orangensaft“, sagte sie zu der Bedienung, einer jungen Frau, die ganz offensichtlich behindert war, aber mit großem Engagement und viel Freude ihre Aufgabe erledigte.

„Kommt sofort!“, war die prompte Antwort und eifrig machte sich das Mädchen davon, um das Gewünschte zu holen.

Ein junger mongoloider Mann erschien, anscheinend auch ein Mitarbeiter. Er hockte sich neben den Hund und tätschelte ihm liebevoll den Kopf. „Wir zwei sind Freunde!“, sagte er erklärend zu Tanja. „Guck mal, der hat ein blaues und ein braunes Auge!“

Er hob den Kopf des Hundes an, damit auch Tanja diese Laune der Natur begutachten konnte. Sie nickte kurz, und der Junge wandte sich wieder dem Paar zu, das er offenbar gut kannte.

Tanja lehnte sich zurück und griff nach dem Handy in ihrem Rucksack. Wie erwartet: keine Nachricht! Resigniert legte sie das Telefon vor sich und schielte zu dem Pärchen hinüber. Sie waren so um die 50 und wirkten sehr vertraut und harmonisch. Beneidenswert! Warum bloß war es ihr nicht vergönnt, ein ähnliches unbeschwertes Glück zu erleben? Wie sehr sehnte sie sich nach der beruhigenden und liebevollen Nähe eines Menschen – nach Franks Nähe. Sie fühlte, wie es ihr schon wieder fast den Hals zuschnürte.

„Hier ist Ihr Orangensaft! Frisch gepresst! Guten Appetit!" Fröhlich stellte die Bedienung das Glas auf den Tisch. Normalerweise hätte Tanja ihre Freundlichkeit erwidert, aber jetzt nickte sie nur kurz und versuchte, ihre aufsteigenden Tränen zu unterdrücken. Ratlos und mitfühlend schaute die junge Frau sie an.

„Heute ist ein schöner Tag!", beteuerte sie und fasste Tanja an der Schulter.

Heftiger als sie es wollte, fuhr Tanja herum. Sie hatte nicht mit der Berührung gerechnet und war darüber so zusammengezuckt, dass sie mit einer jähen Bewegung unabsichtlich das Glas und ihr Handy vom Tisch fegte. Es klirrte laut und hässlich, als das Glas auf dem Boden aufschlug und in unzählige Stücke zersprang. Der Orangensaft verteilte sich dazwischen, und mittendrin lag Tanjas Handy. Erschrocken schrie die junge Frau auf und schlug sich mit der Hand vor den Mund. „Entschuldigung", stammelte sie.

Obwohl sie an der Sache keinerlei Schuld traf, war sie doch über alle Maße betroffen. „Ich mache das sofort weg! Bitte, und ich bring Ihnen einen neuen Saft!“ Aufgeregt eilte sie in Richtung Küche.

Auch der Hund hatte sich von dem Knall erschrocken und war aufgesprungen. Jetzt stand er mit gesträubtem Nackenhaar neben seinem Frauchen, die ihn fest an der Leine hielt und ihn zu beruhigen versuchte.

Als Tanja sich nach ihrem Handy bückte, bemerkte sie das zersplitterte Display. Auch das noch! Sie spürte, dass sie die Beherrschung verlor und ihr die Tränen in die Augen schossen. Die ganze Anspannung brach aus ihr heraus, und sie konnte das Schluchzen nicht unterdrücken.

„Können wir Ihnen irgendwie helfen?“

Tanja hatte nicht bemerkt, dass die Leute vom Nachbartisch aufgestanden waren und nun neben ihr standen. Die Frau hatte den freien Arm um sie gelegt und schaute sie teilnehmend an. Tanja schniefte und schüttelte den Kopf.

„Danke. Das ist sehr freundlich. Aber ich glaube nicht. Da muss ich allein durch. Aber im Moment geht es mir einfach nicht so gut. Und jetzt auch noch das!“

Sie deutete auf das kaputte Handy. „Ich muss doch unbedingt erreichbar sein. Das ist jetzt wichtiger als alles andere!“

„Na ja, was das Handy betrifft, kann ich Ihnen vielleicht helfen!“, sagte der Mann. „Wenn Sie wollen, gehe ich mit Ihnen zu dem Telekom-Shop in der

Nähe. Da arbeite ich nämlich und kann schauen, was ich für Sie tun kann."

„Vertrauen Sie meinem Mann!", sagte die blonde Frau. „Das Problem mit dem Handy kann er bestimmt lösen. Ich für meinen Teil habe leider keine Zeit mehr, aber gehen Sie ruhig mit ihm mit!"

Tanja sah sie durch einen Tränenschleier an. Dankbar nickte sie. Inzwischen war die Bedienung mit Eimer, Schaufel und Lappen zurückgekehrt und bemühte sich eifrig, den Boden sauber zu machen. Sie tat Tanja leid, sie hatte sich so freundlich um sie bemüht und war nun ganz verzweifelt, weil sie sich offenbar die Schuld an dem Zwischenfall gab.

„Entschuldigen Sie, dass ich Ihnen so viel Mühe mache durch meine Ungeschicktheit!", sagte sie zu ihr. Sie legte 5 Euro auf den Tisch und erhob sich. „Sie konnten nichts dafür!"

Auch der Mann legte Geld auf den Tisch, versprach dem Mädchen mit einem Lächeln, dass sie bald wiederkommen würden, und gemeinsam verließen sie das Café. Während seine Frau sich mit dem Hund nach rechts zum Parkplatz wandte, ging Tanja mit ihm am Bürgerhaus vorbei die wenigen Stufen hinunter zur Fußgängerzone. Schon nach wenigen Metern erreichten sie den T-Shop.

Kommissar Seltsam wollte gerade sein Büro verlassen, als das Telefon klingelte. Es war ein Mitarbeiter der Kriminaltechnik, wo er das Handy von Frank Hartinger zur genaueren Untersuchung hingeschickt hatte.

„Wir konnten die PIN umgehen und die Daten einsehen. Der letzte Anruf, der angenommen wurde, war am vergangenen Dienstag um 17.08 Uhr. Wir konnten die Nummer zurückverfolgen. Es handelt sich um die Mobilfunknummer einer gewissen Irene Walesch aus Hameln. Diese Nummer taucht übrigens im Protokoll des Handys wiederholt auf, das letzte Mal am gleichen Tag um 9.23 Uhr. Allerdings ist es uns nicht gelungen, das Handy zu orten.“

Der Zeitpunkt des letzten Anrufs stimmte überein mit den Angaben, die die Geliebte über das Verschwinden des Arztes gemacht hatte. Jetzt gab es keinen Zweifel mehr, dass es einen Zusammenhang zwischen den beiden Fällen gab. Aber was genau war geschehen? Wie war es zu dem Mord an Harald Walesch gekommen? Und wo befanden sich Irene Walesch und Frank Hartinger jetzt?

Noch während Seltsam die beiden zur Fahndung ausschrieb, kam ihm plötzlich ein Gedanke: Hatte nicht der kleine rothaarige Junge in der Jugendherberge von einer Frau im Rollstuhl erzählt? Gab es da vielleicht doch einen Zusammenhang, auch wenn er sich ihm noch nicht erschloss? Erik Seltsam schaute zur Wand: 17.00 Uhr. Entschlossen griff er nach dem Foto von Irene Walesch und machte sich auf den Weg in Richtung Asel.

Er hatte Glück. Die Gruppe war noch da und tollte übermütig auf dem Gelände herum. Schon bald hatte Erik Seltsam den roten Schopf zwischen den Jungen entdeckt, die sich erhitzt und fröhlich einen Fußball zukickten. Vor Beginn seiner Polizeilaufbahn hatte er selbst gern Fußball gespielt, war sogar bis heute zahlendes Mitglied bei Blau-Gelb Korbach, aber sein Beruf ließ ihm aufgrund seiner unregelmäßigen und unvorhersehbaren Arbeitszeiten kaum Zeit für ein aktives Vereinsleben. Na ja, man konnte nicht alles haben …

In diesem Moment flog der Ball direkt auf ihn zu. Instinktiv nahm Seltsam ihn an, dribbelte geschickt ein paar Meter und stoppte dann, während er seinen Fuß auf das Leder stellte. Die Jungen umringten ihn und schauten ihn fragend an. Seltsam winkte den Rothaarigen herbei. „Du hast mir gestern erzählt, dass du am Montag auf dem Parkplatz eine Frau im Rollstuhl gesehen hast.“

Der Junge nickte. Seltsam zog das Bild von Irene Walesch aus der Tasche und zeigte es ihm.

„War das diese Frau?“, fragte er.

Aufmerksam betrachtet der Junge das Foto.

„Ich glaube, ja", sagte er nach einer Weile. „Aber die sah viel aufgeregter und wütender aus als auf diesem Foto. Ich glaube, die hatte geheult."

„Und hast du gesehen, wohin sie danach gegangen, äh gerollt ist?", fragte Seltsam weiter.

„Nö, keine Ahnung. Wir sind dann weggegangen, weil sie so pampig war. Aber da stand weiter hinten so ein Wohnmobil auf dem Parkplatz. Keine Ahnung, welche Marke. Vielleicht ist sie damit weggefahren. Obwohl – wie kann sie das eigentlich geschafft haben, wo sie doch im Rollstuhl saß? Auf jeden Fall war das Auto am nächsten Tag weg."

Grübelnd kratzte sich der Junge am Kopf, dass seine roten Haare wirr abstanden. Seltsam fasste ihn an der Schulter. „Danke. Du hast mir sehr geholfen", sagte er. Er gab dem Fußball einen scharfen Stoß und die Jungen jagten ihm johlend nach.

Aus der offenen Tür der Jugendherberge drang der verführerische Geruch von Bratkartoffeln und Seltsam bemerkte, wie hungrig er war. Kein Wunder! Außer der Currywurst am Mittag hatte er heute noch nichts Essbares gesehen. Je mehr ihm das bewusst wurde, umso deutlicher spürte er das Hungergefühl. Er musste etwas in den Magen bekommen, und zwar so bald wie möglich. Hatte seine Nachbarin nicht neulich erzählt, dass sie mit ihrem Mann so nett oben in Asel gegessen hätte? Wenn es da ein gemütliches Lokal gab, würde er es jetzt herausfinden. Ohne weiter zu zögern, setzte er sich in sein Auto und fuhr die Straße in Richtung Vöhl zurück. Nach kurzer Zeit bog er scharf nach links ab und erreichte kurz darauf tatsächlich das Gasthaus. Es sah wirklich einladend aus und Seltsam freute sich auf ein leckeres Abendessen. Schließlich hatte auch er ein Recht auf Feierabend!

Regine wachte auf, bevor der Wecker klingelte. Durch die zugezogenen Vorhänge schimmerte das Licht des jungen Tages und sie hörte die Vögel zwitschern. Am Abend hatte sie eine Tablette genommen und war kurz darauf in einen tiefen Schlaf der Erschöpfung gefallen. Sie schaute auf das leere Bett neben sich. Sofort war es wieder da, dieses tiefe Gefühl der Hilflosigkeit und Verzweiflung. Noch immer keine Spur von Frank! Sie war so ohnmächtig, die Ungewissheit so übermächtig! Ihre Hoffnung, dass Frank sich melden würde und für alles eine plausible Erklärung hätte, verringerte sich von Stunde zu Stunde. Dieses tatenlose Abwarten machte sie langsam aber sicher verrückt. Sie hatte das Bedürfnis nach Bewegung, wollte sich die Sorgen aus dem Leib rennen, sich müde laufen und die frische Morgenluft spüren. Es half nichts, sich hier zu verkriechen und auf Nachricht zu warten. Wer sie erreichen wollte oder musste, konnte das ja über ihr Handy tun. Sie ging ins Badezimmer, putzte sich rasch die Zähne, schlüpfte in ihre Sporthose, zog die Laufschuhe an und verließ das Haus.

Die Straßen waren noch nahezu menschenleer. Die Gäste in den Kurkliniken schliefen noch, nur ab und zu begegnete sie einem Menschen, der auf dem Weg zur Arbeit war. Sie überquerte die Brunnenallee und schlug den Weg zum Kurpark ein. Dann beschleunigte sie das Tempo und lief in Richtung Reinhardshausen. Nach kurzer Zeit erreichte sie den Ort und beschloss, sich auf einer Bank an dem kleinen Weiher niederzulassen und ein wenig den zahlreichen Flamingos zuzuschauen, die dort majestätisch die frühen Sonnenstrahlen genossen und ihr farbenprächtiges Gefieder putzten. Schon oft war Regine diese Strecke gelaufen und hatte hier gesessen, wenn Frank bei der Arbeit war. In Gedanken war sie dann bei ihm. Aber war er eigentlich immer in der Klinik gewesen, wenn sie das angenommen hatte? Hatte er sich nicht vielleicht stattdessen mit seiner Geliebten getroffen, während sie glaubte, er versinke in einem Berg von Arbeit? Was war, wenn er nun gar nicht mehr zurückkam? Und was, wenn er zurückkam und lieber mit der anderen Frau leben wollte? Und selbst wenn er sich für sie entscheiden würde, könnten sie überhaupt wieder miteinander leben wie früher, nach allem, was geschehen war?

Aber das waren Fragen, die im Moment nicht zu klären waren. Erst einmal musste er wieder auftauchen. Sie wusste ja noch nicht einmal, ob er überhaupt noch am Leben war. Oder ob er sich irgendwo in einer großen Notlage befand und dringend Hilfe brauchte.

Bei diesem Gedanken schossen ihr schon wieder die Tränen in die Augen. Ihr ganzes Leben hatte sich um Frank gedreht, seit sie geheiratet hatten. Ihre Arbeit als MTA hatte sie nach der Hochzeit aufgegeben, denn sie war vollauf damit beschäftigt gewesen, ihm ein gemütliches Heim zu bereiten und ihm den Rücken frei zu halten von den Alltagsgeschäften. Sie war stolz gewesen auf seine beruflichen Erfolge. Außerdem hatte sie gehofft, möglichst bald ein Kind zu bekommen. Immer wieder hatte sie sich ausgemalt, wie es wäre, eine richtige Familie zu sein. Aber ihr Kinderwunsch war bis jetzt unerfüllt geblieben. Das schmerzte, aber inzwischen hatte sie sich weitgehend mit der Situation abgefunden. Sie hatte sich mit anderen Dingen beschäftigt, sich als ehrenamtliche Helferin bei der Bad Wildunger Tafel engagiert und sich einer Gruppe angeschlossen, die Flüchtlingsfamilien betreute. Das hatte ihr Spaß gemacht und ihrem Leben Sinn gegeben. Klar, sie hatte die Hoffnung auf ein eigenes Kind noch nicht verloren, aber sie wartete nicht mehr mit dieser Verbissenheit auf die Erfüllung ihres größten Wunsches. Vielleicht erwies es sich ja jetzt sogar als ein gnädiges Schicksal, dass sie kein Kind hatte, es würde die momentane Situation nur noch schlimmer machen.

Das Klingeln ihres Handys riss sie aus ihren Gedanken. Sie schrak zusammen und gleichzeitig schossen ihr blitzartig die verschiedensten Gedanken durch den Kopf. Wer mochte der frühe Anrufer sein? Gab es gute oder schlechte Nachrichten? Mit zitternden Händen öffnete sie den Reißverschluss ihrer Hosentasche und zog das Handy heraus. Sie schaute kurz auf das Display: Tanja Rulberg. Ob sie etwas Neues wusste? Ob Frank sich etwa bei ihr gemeldet hatte? Nervös nahm sie den Anruf entgegen. Am anderen Ende wirkte Tanja sehr unruhig. Sie sprach mit panischer Stimme und war sich anscheinend überhaupt nicht darüber bewusst, wie früh am Morgen es war.

„Ich habe es nicht mehr ausgehalten!“, stieß sie hervor. „Ich muss wissen, ob Sie etwas von Frank gehört haben.“

Regine verneinte. Das war schon eine merkwürdige Situation, dass sie jetzt ausgerechnet mit der Geliebten ihres Mannes telefonierte und sie sich beide durch die gemeinsame Sorge verbunden fühlten. Tanja war offensichtlich froh, mit jemandem reden zu können, der ihre Not teilte, ja, der davon genauso betroffen war wie sie selbst. Sie schilderte Regine in allen Einzelheiten den Verlauf des gestrigen Gesprächs mit Kommissar Seltsam, erzählte dann über ihren Cafébesuch und das Missgeschick mit ihrem Handy. Sie erwähnte auch den netten Mitarbeiter der Telekom, der sich ihrer in ihrer Verzweiflung angenommen hatte. Ihm hatte sie es zu verdanken, dass sie jetzt ein neues Handy hatte. Zum Glück hatte sie die alte Nummer und alle gespeicherten Daten übernehmen können.

Regine fragte sich, warum sie ihr das alles erzählte.

„Ich möchte Sie etwas bitten", sagte Tanja plötzlich. „Vielleicht empfinden Sie es als große Zumutung – aber ich möchte mich noch einmal mit Ihnen treffen. Ich ertrage diese Situation im Moment einfach nicht allein, und ich habe das Gefühl, dass Sie der einzige Mensch sind, der meine Not mit mir teilen kann."

Regina schluckte. Im ersten Moment wusste sie nicht, was sie sagen sollte. Wenn es nicht sie selbst betroffen hätte, sondern eine Freundin von ihr, die sie in dieser Angelegenheit um ihre Meinung gefragt hätte, hätte sie ihr wohl kurzerhand einen Vogel gezeigt und sie gefragt, ob sie wohl noch ganz richtig im Kopf sei, sich mit der Geliebten ihres Mannes auch nur im Entferntesten abzugeben. Aber keine ihrer Freundinnen und Bekannten hatten sich je in einer solchen Situation befunden wie sie jetzt. Einer spontanen Reaktion folgend stimmte sie zu und verabredete sich mit Tanja am späten Vormittag an der Sperrmauer des Edersees auf der Waldecker Seite.

Wie jeden Morgen machte Erik Seltsam als erstes die Kaffeemaschine klar, als er das Büro betrat. Das gestrige Abendessen in Asel hatte ihn für den Stress des Tages voll entschädigt. Es war gemütlich gewesen und die Speisekarte war ansprechend und reichhaltig. So war es ihm tatsächlich gelungen, abzuschalten und den Feierabend zu genießen. Das einzige, was er wieder einmal vermisst hatte, war eine nette Begleitung, mit der er das leckere Essen hätte gemeinsam genießen können und mit der er sich über andere Dinge unterhalten konnte als über Verbrechen und Straftaten. Vielleicht würde sich das ja irgendwann mal auch für ihn ergeben ...

Aber jetzt hatte er noch nicht gefrühstückt, und ein Kaffee war das mindeste, was er jetzt brauchte. Er wartete auf das vertraute Gluckern, aber es blieb aus. Seltsam fummelte ratlos an Schaltern und Steckern herum. Nichts tat sich. „Mist“, murmelte er. Ohne Kaffee in regelmäßigen Abständen war er nicht in der Lage, sich auf seine Arbeit zu konzentrieren. Die Kollegen waren allesamt Teetrinker, die konnten ihm nicht aushelfen. Sie spöttelten oft über Seltsams „Droge“, wie sie es nannten, aber Erik hatte immer gekontert, so krank könne er gar nicht werden, dass er freiwillig Tee trinken würde. Wo bekam er jetzt einen Kaffee her? Seine Mitarbeiterin saß an ihrem Schreibtisch und versuchte, die verzweifelten Anstrengungen ihres Chefs zu ignorieren. Sie wusste: Wenn der Koffeinspiegel bei ihm unter einen gewissen Pegel sank, wurde er unleidlich.

„Gibt es etwas Neues?“, fragte Seltsam.

„Nichts. Die Umfrage auf den Campingplätzen war negativ. Die Fahndung nach Frau Walesch und Herrn Hartinger läuft auf Hochtouren. Aber bisher ohne Ergebnis. Auch das Wohnmobil ist bis jetzt nirgendwo gesichtet worden.“

Seltsam knurrte etwas in sich hinein, was nicht nach großer Zufriedenheit klang und wandte sich zur Tür.

„Ich fahre in die Pension in Waldeck, wo Frau Rulberg untergekommen ist“, sagte er. „Da bekomme ich mit Sicherheit einen Kaffee. Außerdem wollte ich da sowieso hin. Von dort ist der Arzt verschwunden. Vielleicht hat ja doch irgendwer etwas mitgekriegt.“

Ohne eine Antwort abzuwarten, verließ er den Raum.

Auf der Frühstücksterrasse der Pension saß nur ein älteres Paar, als Seltsam eintraf. Er setzte sich an einen Tisch am Rand. Von dort hatte er einen guten Überblick sowohl auf die Zufahrt als auch auf die Terrassentür. Er hatte gerade ein Kännchen Kaffee und ein Croissant bestellt, als er sah, dass Tanja Rulberg auf die Terrasse trat. Sie wirkte blass und nervös, anscheinend hatte sie eine schlaflose Nacht hinter sich. Den Kommissar bemerkte sie erst, als sie an seinem Tisch vorbeiging, und sogleich trat ein Erschrecken in Ihren Blick.

„Gibt es etwas Neues“, fragte sie voller Unruhe. Seltsam schüttelte den Kopf und rückte den Stuhl neben sich zur Seite, damit sie sich setzen konnte.

„Bis jetzt noch nicht“, sagte er. „Aber ich möchte mich mit Ihrer Wirtin unterhalten. Vielleicht hat sie etwas beobachtet, das mit dem Verschwinden von Dr. Hartinger zu tun haben könnte.“

„Was soll ich beobachtet haben?“ Unbemerkt war die Wirtin an ihren Tisch getreten und platzierte den Kaffee und das Croissant vor den Kommissar. Seltsam stellte sich vor und erklärte, warum er hier war. Bestürzt schaute die Frau sie an. Jetzt verstand sie endlich, warum Tanja Rulberg in den letzten Tagen so unglücklich gewirkt hatte. Aber von dem Vorfall selbst hatte sie nichts mitbekommen. Sie hatte noch nicht einmal gewusst, dass Frau Rulberg überhaupt einmal Herrenbesuch gehabt hatte. Und den Mann auf dem Foto, das ihr Seltsam zeigte, hatte sie noch nie gesehen, ebenso wenig wie die Frau auf dem anderen Bild. Auch den Namen Walesch hatte sie noch nie gehört.

„Bitte erinnern Sie sich noch mal genau. Es handelt sich um den vergangenen Montag kurz nach 17 Uhr. Ist Ihnen da irgendetwas Ungewöhnliches aufgefallen hier im Haus oder auch draußen auf der Straße? Jedes noch so kleine Ereignis könnte vielleicht von

Bedeutung sein." Der Kommissar schaute sie eindringlich an.

„Warten Sie ...", sagte die Wirtin zögernd. „Ich weiß nicht, ob es was mit dieser Sache zu tun hat. Ja, ich glaube, das war am Montag ... Es könnte so um die Zeit gewesen sein, ich habe nicht auf die Uhr geschaut. Da ist ein Wohnmobil auf unseren Parkplatz gefahren. Ich hab noch zu meinem Mann gesagt: ‚Da kommt jemand zum Kaffeetrinken.' Aber es ist niemand ausgestiegen. Ich habe das Fahrzeug nicht ununterbrochen im Auge gehabt, ich war ja zwischendurch immer in der Küche. Aber nach etwa einer Viertelstunde war das Auto plötzlich wieder weg. Ich habe dem keine Bedeutung beigemessen."

„Könnten Sie bitte Ihren Mann einmal rufen?" Seltsam schaute die Frau gespannt an. „Vielleicht erinnert er sich an weitere Einzelheiten."

„Oh, das tut mir leid", antwortete sie. „Er ist heute Morgen schon früh in Richtung Kassel aufgebrochen. Er muss dort ein paar Dinge erledigen. Ich erwarte ihn erst am Nachmittag zurück. Aber ich glaube, wenn ihm irgendetwas merkwürdig vorgekommen wäre, hätte er mir das gesagt."

Seltsam nahm einen kräftigen Schluck Kaffee und biss herzhaft in sein Croissant. Das tat gut! Er spürte, wie seine Lebensgeister erwachten. Es gab für ihn inzwischen keinerlei Zweifel mehr daran, dass Walešchs Tod und Hartingers Verschwinden miteinander in Verbindung standen. Wenn das Wohnmobil, das hier am Montag auf dem Parkplatz gestanden hatte, wirklich das von Frau Walesch gewesen war – und davon war er überzeugt – dann lag die Vermutung nahe, dass die beiden von hier aus zusammen weggefahren waren, aus welchen Gründen auch immer. Ob Frank Hartinger eventuell auch mit der Frau seines früheren Patienten ein Verhältnis hatte? Vielleicht hatte er bei ihr den Seelentröster gespielt und sie waren sich auf diese Weise nähergekommen. Das würde erklären, dass sie ihn angerufen hatte und er Hals über Kopf aus dem Hotelzimmer verschwunden war. Vielleicht hatten die beiden sich dann gemeinsam des unleidlichen Ehemanns entledigt, der seiner Frau das Leben zur Hölle machte, und sie waren nun irgendwo untergetaucht in der Hoffnung auf eine gemeinsame Zukunft. Was für ein Spiel spielte dieser Arzt? Wie viele Geliebte würden am Ende noch auftauchen?

Seltsam war so sehr in seine Gedanken vertieft, dass er Tanja völlig vergessen hatte, die noch immer neben ihm saß und ihn mit großen Augen anschaute. Auch die Pensionswirtin stand noch neben dem Tisch und wartete offensichtlich auf irgendeine Bemerkung. Aber Seltsam war sicher, dass sie alles gesagt hatte, was sie wusste, und dass sie ihm jetzt nicht würde weiterhelfen können. Er bedankte sich bei ihr, trank seinen Kaffee aus und sagte zu Tanja gewandt: „Ich würde mir gern das Zimmer ansehen, in dem Sie und Herr Hartinger waren. Vielleicht gibt es dort ja doch irgendeinen Hinweis.“

Tanja nickte und stand auf. Seltsam folgte ihr über den hellen Flur, und Tanja schloss die Tür auf. Das Zimmermädchen hatte schon das Bett gemacht und das Bad geputzt. Alles wirkte sauber und aufgeräumt. Das Fenster war mit einem Sicherheitsschloss versehen. Es ließ sich zwar kippen, aber nicht vollständig öffnen. Frank Hartinger musste also ganz normal durch die Tür verschwunden sein. Nichts deutete auf seine frühere Anwesenheit hin. Auf dem Nachttisch neben dem Bett stand ein kleiner rotweißer Leuchtturm.

„Ein Maskottchen?“, fragte Seltsam. Wieder traten Tanja die Tränen in die Augen. „Den wollte ich eigentlich Frank schenken“, sagte sie leise und erzählte kurz, wie sie zu dem Teil gekommen war.

„Ich liebe Leuchttürme“, fuhr sie fort. „Sie sind so wegweisend und hoffnungsvoll in der Nacht. Aber im Moment tappen wir alle wohl eher im Dunklen.“

Sie schaute Seltsam fragend an. „Was ist mit dieser Frau, nach der sie meine Wirtin gefragt haben? Hat sie etwas mit Franks Verschwinden zu tun?“

„Ihr Mann ist ermordet worden.“ Seltsam beobachtete das Erschrecken genau, das sich in Tanjas Gesicht ausbreitete.

„Und was hat das mit Frank zu tun?“, stammelte sie.

„Vielleicht nichts. Vielleicht aber auch doch etwas. Trauen Sie ihm zu, dass er in einer Extremsituation vielleicht etwas tun könnte, wovor er normalerweise zurückschrecken würde?“

Tanja schüttelte heftig den Kopf. „Niemals! Frank ist so ein liebevoller und gutmütiger Mensch! Er ist gewissenhaft und hilfsbereit. Er würde nie etwas Schlechtes tun! Er ist ein grundehrlicher Mensch!“

„Na, immerhin hat er seine Frau angelogen und betrogen“, wollte Seltsam erwidern, aber er verkniff sich die Bemerkung. Das würde ihn nicht weiterbringen.

🕮

Lange vor der vereinbarten Zeit machte sich Regine auf den Weg zur Sperrmauer. Sie war nervös und konnte sich nicht vorstellen, wie dieses zweite Treffen mit Tanja verlaufen würde. Auf dem Parkplatz stellte sie ihr Auto ab und schaute auf die Uhr. Noch eine halbe Stunde – genügend Zeit, um ein Stück auf der Staumauer entlang zu gehen. Früher hatten hier sogar Autos fahren dürfen. Jetzt war die Fahrbahn aber nur noch für Fußgänger zugelassen, was die Überquerung sehr viel entspannter machte.

Regine kannte dieses Bauwerk seit ihrer Kindheit. Schon in der Schulzeit waren sie bei Klassenausflügen immer mal wieder hier gewesen. Im Heimatkundeunterricht hatten sie gelernt, wie die Staumauer Anfang des 20. Jahrhunderts gebaut worden war. Sie hatten alte Bilder angeschaut von den Ortschaften, die zuvor dort gestanden hatten, wo nun der Edersee war. Ein besonderer Schwerpunkt der heimatkundlichen Geschichten war die Zerstörung der Sperrmauer im 2. Weltkrieg gewesen. Eine englische Rollbombe hatte ein riesiges Loch in die Mauer gerissen. Das Wasser hatte sich in einer enormen Flutwelle über das gesamte Edertal ergossen, zahlreiche Häuser und Höfe weggespült und vielen Menschen und Tieren den Tod gebracht. Regines Großmutter hatte damals das Unglück hautnah miterlebt und immer wieder von der schrecklichen Nacht erzählt. Wenn Regine in der Schule oder in Gesprächen mit ihrer Oma davon gehört hatte, war sie jedes Mal sehr ergriffen gewesen. Sie hatte es förmlich vor sich gesehen, wie die Menschen in Panik voller Schrecken vor den hereinbrechenden Wassermassen geflohen waren und alles zurücklassen mussten, was ihnen wertvoll und teuer gewesen war.

Immerhin hatte man es geschafft, innerhalb von nur wenigen Monaten das Loch in der Mauer wieder zu reparieren. Es war gelungen, den Schaden zu beheben, und die Eder konnte erneut angestaut werden.

Regine erreichte die Mitte der Mauer, beugte sich ein wenig über die Brüstung und schaute nach unten. Hier an der Südseite war die Mauer in ihrer vollen Höhe zu sehen. Unten auf dem Vorsprung befand sich der Eingang zum Kraftwerk. In einem Anflug von Panik schloss sie die Augen. Einen kurzen Moment stellte sie sich vor, wie es wäre, wenn sie jetzt einfach den breiten Sockel überwinden und sich hinunterfallen lassen würde. Alles wäre dann vorbei, ihre Angst, ihre Verzweiflung, ihre tiefe Verletzung, ihre Fragen, ob sie nicht vielleicht ihr ganzes Leben vergeudet hatte in dem Glauben an einen Menschen, der es vermutlich noch nicht einmal wert gewesen war, alles für ihn aufzugeben.

Genau hier an dieser Stelle hatte schon einmal alles in Trümmern gelegen – genauso wie ihr eigenes Leben jetzt.

So viele Pläne hatte sie bis vor kurzem noch gehabt. So viel Schönes hatte sie sich ausgemalt für ihre gemeinsame Zukunft mit Frank. Mit großer innerer Sicherheit und voller Vertrauen hatte sie den kommenden Jahren entgegengesehen in der festen Überzeugung, dass nichts ihrem Glück im Wege stehen könnte. Aber alles, was sie sich gewünscht hatte, alle ihre Ziele und Hoffnungen waren mit einem Schlag wie ein Kartenhaus zusammengestürzt. Die Zukunft, so wie sie sie sich vorgestellt hatte, würde es nicht mehr geben.

Regine legte die Hände fest auf das Mauerwerk. Sie stellte sich vor, wie Frank von ihrem Tod erfahren würde, wie sehr er sich bittere Vorwürfe machen würde, weil er sie betrogen hatte und ihr Glück zerstört hatte. Aber vielleicht war er selbst ja gar nicht mehr am Leben? Oder aber er war irgendwo und brauchte ihre Hilfe so nötig wie nie zuvor.

Als sie die Augen wieder öffnete, sah sie das blühende grüne Ederufer vor sich. Wenn man heute von hier aus nach Süden über das idyllische Tal blickte, konnte man sich nicht vorstellen, welche Verwüstung hier einst geherrscht hatte. Nichts erinnerte mehr an die schrecklichen todbringenden Wassermassen, die alles unter sich begraben hatten. Zwar sah man die Flickstellen wie Narben im Mauerwerk, die an die Katastrophe erinnerten, die so unerwartet hereingebrochen war. Aber das Leben hatte schließlich gesiegt.

Regine löste sich von der Mauer und trat einen Schritt zurück. Auch sie würde ihre persönliche Katastrophe überwinden. Wenn sie sich auch jetzt noch nicht darüber im Klaren war, wie es weitergehen sollte, so wusste sie doch: Sie würde es schaffen. Sie würde stark sein und irgendwann wieder ihre Ruhe finden.

Gerade, als sie sich auf den Weg zurück zum Parkplatz machen wollte, sah sie, dass ihr Tanja entgegenkam. Sie wartete, bis sie herangekommen war. Die beiden Frauen begrüßten sich etwas befangen und stellten sich in eine der seitlichen Plattformen, von wo man eine herrliche Aussicht über den Edersee und auf das Schloss und die Stadt Waldeck hatte. Beide wussten nicht so recht, wie sie das Gespräch beginnen sollten. So standen sie eine ganze Weile schweigend nebeneinander und ließen ihre Augen über das Wasser schweifen. Im Gegensatz zum übrigen See war der Wasserstand vor der Staumauer noch einigermaßen hoch. Das weiße Ausflugsschiff „Edersee Star“ tauchte hinter der Landzunge auf, die weit in den See hineinragte. Bei Niedrigwasser, wie es im Moment war, fuhr das Schiff nur die kleine Tour vom Waldecker Strandbad bis zur Sperrmauer und zurück. Diese Fahrt dauerte eine Stunde und war ein absolutes Muss für Urlauber im Waldecker Land. Auch Tanja hatte im vorigen Jahr eine solche Ausflugsfahrt unternommen und bei Kaffee und Kuchen Franks Gesellschaft genossen. Sie hatten sich vorgenommen, irgendwann die große Tour mitzumachen, vielleicht am Abend, wo auch Musik und Tanz angesagt war. Aber bis jetzt hatte es sich nicht ergeben und so war es bei dem Vorsatz geblieben.

Innerhalb der letzten halben Stunde hatte sich der Himmel allmählich zugezogen. Jetzt kam Wind auf. Tanja und Regine beobachten, wie die wenigen Elektroboote, die auf dem Wasser waren, die Richtung zum Ufer einschlugen, wo sich der Bootsverleih befand. Noch immer hatten sie kaum ein Wort miteinander gesprochen. Jede von ihnen hatte ihren eigenen Gedanken nachgehängt.

„Der Korbacher Kommissar war heute Morgen bei mir im Hotel“, begann Tanja plötzlich. Regine schaute sie erwartungsvoll an.

„Er vermutet offensichtlich einen Zusammenhang zwischen Franks Verschwinden … und einem Mord.“

Indem sie es aussprach, wurde Tanja erneut bewusst, wie ungeheuerlich diese Vermutung war.

Auch Regine schlug entsetzt die Hand vor den Mund. Das wurde ja immer furchtbarer! Sie starrte Tanja mit großen Augen an.

„Also, wenn ich alles glaube, aber das nicht!“, sagte sie entschieden. „Frank kämpft für jedes Leben, und sei es noch so aussichtslos. Es ist seine Passion, Leben zu retten um jeden Preis. Niemals, niemals würde er jemanden einfach sterben lassen, geschweige denn töten.“

„Ich würde auch meine Hand für Frank ins Feuer legen!“, bestätigte Tanja und fügte leise hinzu: „Das widerspricht allem, was ich von ihm kenne!“

Wieder schwiegen die beiden Frauen. Die „Edersee Star“ war inzwischen recht nahe an die Sperrmauer herangekommen und man konnte die Fahrgäste sehen, die sich vor den drohenden Wetter in den Innenraum zurückgezogen hatten.

Ein kräftiger Windstoß fuhr ihnen durch die Haare.

„Wir sollten uns irgendwo unterstellen“, sagte Regine und Tanja nickte. Gemeinsam schlugen sie den Weg zum Parkplatz ein. Es dauerte nur ein paar Sekunden, bis die ersten Tropfen fielen, aber dann prasselte ein Regenschauer herunter, der sie innerhalb weniger Augenblicke völlig durchnässte. Der Himmel öffnete alle Schleusen. Die Schwüle der vergangenen Tage entlud sich in einem unbeschreiblichen Wolkenbruch. Die beiden Frauen flüchteten unter das Dach des Torbogens am Anfang der Sperrmauer und drückten sich dicht an die Wand. In der

Ferne grollte der Donner. Tief durchatmend schauten sie sich an. Unwillkürlich mussten sie lachen: Die Haare hingen ihnen klatschnass in triefenden Strähnen herunter, die Schminke hatte sich aufgelöst und hinterließ schwarze Streifen im Gesicht. Die Kleider klebten am Körper und ihre gebräunte Haut glänzte nass.

„Super outfit!" Regine verdrehte die Augen.

Zum Glück war es unvermindert warm geblieben, und ein paar Minuten später war der ganze Spuk vorbei. Genauso rasch wie der Regen gekommen war, war er auch wieder vorüber und die Sonne bahnte sich bereits wieder ihren Weg durch die Wolken.

„Und jetzt?", fragte Regine und schaute ratlos an sich herunter.

„So können wir nicht bleiben", bemerkte Tanja. „Darf ich Ihnen einen Vorschlag machen?", fuhr sie zögernd fort. „Es ist nicht weit bis zu meiner Pension. Dort kann ich mich umziehen, und für Sie ist ein Bademantel da oder, wenn Sie wollen, auch ein paar Sachen von mir. Dann können wir miteinander reden, während Ihre Kleider trocknen."

Sie kam sich selbst ein bisschen merkwürdig vor bei diesem Vorschlag, aber zu ihrem Erstaunen willigte Regine nach kurzem Zögern ein. Es schien, als habe das Unwetter, das sich gerade über ihnen entladen hatte, auch die gespannte Atmosphäre zwischen ihnen geklärt.

Während Regine im Bad war, schlüpfte Tanja in trockene Jeans. Sie hatte für Regine Wäsche und eines von ihren Sommerkleidern herausgesucht. Als diese nun aus der Badezimmertür kam, musste sie schlucken. Es war merkwürdig, die Frau ihres Geliebten in ihren eigenen Sachen zu sehen. Aber das Kleid passte wie angegossen. Sie setzten sich an den kleinen Tisch und kippten das Fenster, um die warme Sommerluft hereinzulassen.

„Wie haben Sie meinen Mann kennengelernt?", fragte Regine unvermittelt.

Tanja zögerte einen Moment, dann begann sie zu erzählen. Sie schilderte, wie sie sich bei der Ärztetagung begegnet waren, wie sie sich, ohne es zu wollen, voneinander angezogen gefühlt hatten und wie sie sich schließlich ineinander verliebt hatten.

„Ich habe gewusst, dass er verheiratet war!", sagte Tanja. „Er hat daraus kein Geheimnis gemacht. Aber ich habe mir keine Gedanken darüber gemacht. Ich habe auch nicht weiter nachgefragt, und Frank hat das Thema ausgespart. Meine Güte, heute sehe ich, wie egoistisch das war. Es tut mir wirklich von Herzen leid, dass Sie so belogen worden sind. Aber ich habe wirklich immer nur an mein eigenes Glück gedacht."

„Wollte er sich von mir trennen?" Regine fiel die Frage sichtbar schwer.

„Davon war nie die Rede." Tanja schaute Regine ehrlich an. „Wir haben es einfach ausgeblendet, wenn wir zusammenwaren. Aber er hat niemals über seine Ehe gejammert oder geklagt, dass er sich nicht verstanden fühlt oder so etwas. Wir haben auch nie über eine gemeinsame Zukunft gesprochen. Wir haben einfach nur für den Tag gelebt."

Regine seufzte. „Lieben Sie Frank?", fragte sie plötzlich.

Tanja musste nicht lange überlegen. „Er ist ein wunderbarer Mensch", antwortete sie. „Und ja – ich liebe ihn."

Eine Zeitlang schwiegen beide. Jede von ihnen hing ihren Gedanken nach. Plötzlich fing Regine leise an zu sprechen: „Ich habe ihn auch immer geliebt", sagte sie. „Und ich habe keinen Augenblick an seiner Liebe gezweifelt und ihm immer vertraut. Nicht im Traum wäre ich darauf gekommen, dass er mich betrügt. Für mich schien alles harmonisch und gut. Ich habe mir auch nichts dabei gedacht, wenn er sagte, dass er so viel Zeit in der Klinik verbringen müsste. Ich wusste ja von Anfang an, dass ich einen Mann geheiratet hatte, der mit Leib und Seele Arzt war. Für seine Arbeit hat er sich aufgeopfert, für seine Patienten und ihre Angehörigen alles gemacht, auch über die Arbeitszeit hinaus. Ihr Schicksal ging ihm nahe. Anfangs hat er ihnen sogar seine private Telefonnummer gegeben, damit sie ihn immer erreichen konnten, wenn sie etwas beunruhigte. Allerdings haben einige das ausgenutzt, und hin und wieder kam es vor, dass sogar mitten in der Nacht das Telefon geklingelt hat wegen irgendeiner Lappalie. Deshalb hat Frank in den letzten Jahren das nicht mehr gemacht. Irgendwann wurde es selbst ihm zu viel und seitdem trennt er Privatleben und Arbeit. Wobei die Arbeit nach wie vor einen hohen Stellenwert hat."

Regine hielt inne. Es war verrückt, aber sie spürte, dass es gut tat, mit dieser Frau zu reden.

„Also, fassen wir noch mal zusammen, was wir wissen."

Kommissar Seltsam kam gerade vom Essen zurück, das er heute in der Suppenküche in der Korbacher Fußgängerzone eingenommen hatte. Dort ging er immer hin, wenn er nicht viel Zeit, aber trotzdem das Bedürfnis nach einer warmen Mahlzeit hatte. Jetzt saß er wieder in seinem Büro und lehnte sich mit geschlossenen Augen auf seinem Stuhl zurück. Indem er die Fakten seines ungelösten Falles vor seinem inneren Auge passieren ließ, versuchte er, Klarheit in die Zusammenhänge zu bringen. Die Kaffeemaschine, die er am Vormittag auf dem Rückweg von Waldeck in einem Haushaltwarengeschäft in Sachsenhausen gekauft hatte, gab einen gurgelnden Ton von sich und ein feiner Kaffeegeruch erfüllte den Raum. Ihm gegenüber saß seine Assistentin, einen Kugelschreiber in der Hand und bereit, etwas zu notieren, falls es nötig sein sollte.

„Also ... In der Nacht zum Montag trifft Tanja Rulberg in Waldeck ein. Sie hat seit drei Jahren ein Verhältnis mit dem Wildunger Arzt Frank Hartinger. In regelmäßigen Abständen treffen sich die beiden immer wieder heimlich im Waldecker Land.

Frank Hartinger ist Chirurg in der Orthopädischen Klinik in Reinhardshausen. Er ist verheiratet, seine Frau Regine weiß bis dahin nichts von dem Verhältnis ihres Mannes. Behauptet sie jedenfalls.

Am Montagvormittag beobachten Kinder in der Nähe der Jugendherberge Asel eine auffallend aggressive Frau im Rollstuhl, höchstwahrscheinlich handelt es sich dabei um Irene Walesch. Deren Mann Harald wurde im Jahr 2012 von Frank Hartinger nach einem Unfall operiert und sitzt seitdem im Rollstuhl. Offensichtlich gibt er Hartinger die Schuld an seiner Querschnittslähmung. Unberechtigt, wie Hartingers Vorgesetzte versichern. Walesch macht sich und vor allem seiner Frau das Leben schwer mit seinen Depressionen und Aggressionen. Das bestätigen alle, die das Ehepaar kennen und in letzter Zeit erlebt haben.

In der letzten Woche sind die beiden mit ihrem Wohnmobil von ihrem Wohnort in Hameln aufgebrochen. Ob sie auf direktem Weg ins Waldecker Land gefahren sind, wissen wir nicht. Fest steht, dass sie spätestens am Montag hier in der Gegend gewesen sein müssen.

Am Montagnachmittag treffen sich Tanja Rulberg und Frank Hartinger in Hemfurth. Hartinger erwähnt ein merkwürdiges Erlebnis, das er unmittelbar vor dem Treffen hatte. Aber er nennt keine Einzelheiten.

Regine Hartinger bekommt etwa zur gleichen Zeit einen Anruf mit der Drohung, dass sie ihren Mann verlieren wird. Vermutlich stammt dieser Anruf von Irene Walesch."

Erik Seltsam unterbrach seine Überlegungen, um das Fenster zu öffnen. Der heftige Regenguss, der vor einer halben Stunde über Korbach niedergegangen war, hatte die Luft angenehm erfrischt. Seltsam atmete ein paarmal tief durch. Dann ging er an den Tisch, wo die Kaffeemaschine stand und goss sich einen Kaffee ein. Vorsichtig trug er die randvolle Tasse zu seinem Schreibtisch und stellte sie ab. An die Tischkante gelehnt fuhr er fort:

„Am Montagnachmittag kurz nach 17 Uhr bekommt Frank Hartinger einen Anruf von Irene Walesch. Schon früher hat sie ihn öfter angerufen, das letzte Mal am gleichen Tag vormittags. Hartinger befindet sich zu dieser Zeit im Pensionszimmer seiner Geliebten, während Tanja Rulberg oben in Waldeck ein Eis holt. Bei ihrer Rückkehr ist er verschwunden. Hartinger lässt sein Handy zurück. Möglicherweise gibt es einen Zusammenhang mit einem Wohnmobil auf dem Parkplatz. Es könnte das Fahrzeug von den Waleschs gewesen sein."

Seltsam unterbrach seinen Monolog. Vor seinem geistigen Auge entstand das Bild des Parkplatzes. Er stellte sich vor, wie Frank Hartinger aus der Tür der

Pension trat und in das Wohnmobil einstieg. Aber was war dann geschehen? Zu diesem Zeitpunkt hatte Harald Walesch höchstwahrscheinlich noch gelebt. Wenn es tatsächlich Waleschs Fahrzeug gewesen war, dann müssten sie von dort aus die Ederseerandstraße entlang in Richtung Nieder-Werbe gefahren sein und den Gelähmten anschließend bei Asel ins Wasser geschoben haben. Auf dieser Strecke wurden in der Sommerzeit öfter mal Geschwindigkeitskontrollen durchgeführt. Vielleicht hatte er ja Glück, und das Wohnmobil war aufgefallen. Und vielleicht könnte sogar ein mögliches Foto Aufschluss über die Insassen des Wagens geben. Seltsam teilte die Idee seiner Kollegin mit und bat sie, diese Möglichkeit noch heute zu überprüfen. Dann trank er einen Schluck Kaffee und fuhr mit seinen Überlegungen fort:

„Am Dienstagvormittag taucht Harald Waleschs Leiche festgeschnallt auf seinem Reise-Rollstuhl in der Eder an der Aseler Brücke auf. Der Rollstuhl wurde beim Haus der Marburger Uni ins Wasser geschoben und durch die Strömung bis zur alten Ederbrücke mitgezogen, wo er sich dann verkantet hat. Es ist definitiv kein Freitod. Todeszeitpunkt laut Gerichtsmedizin ist Montagabend. In Waleschs Körper befindet sich eine große Menge Beruhigungsmittel. Er hat aber definitiv noch gelebt, als er ins Wasser gelangt ist. Von seiner Frau fehlt bis jetzt jede Spur. Auch von ihrem Fahrzeug. Über ihre Handynummer ist sie nicht erreichbar.

Am Dienstagabend erscheint Hartinger nicht zum Dienst. Seine Frau meldet ihn um 22.15 Uhr als vermisst."

Seltsam hielt inne. Seine Assistentin hatte die ganze Zeit geschwiegen, um seinen Gedankenfluss nicht zu unterbrechen. Jetzt fragte sie leise: „Was für ein Mann ist Frank Hartinger? Ich meine, wie ist sein Charakter?"

„Seine Frau und seine Geliebte beschreiben ihn unabhängig voneinander als sensiblen, liebevollen Menschen. Und seine Kollegen und Vorgesetzten berichten, dass er zuverlässig und gewissenhaft arbeitet. Er sei freundlich und engagiert."

„Also nicht unbedingt der Typ, dem man einen Mord zutraut", meinte seine Mitarbeiterin.

Seltsam schüttelte bedächtig den Kopf. „Auf den ersten Blick nicht. Aber man sieht einem Menschen immer nur vor die Stirn!", antwortete er. „Ich habe in meinem Beruf gelernt, dass in Ausnahmesituationen auch die Menschen zu einem Verbrechen fähig sind, denen man es am wenigsten zutraut."

„Und was ist mit Irene Walesch?"

„Ja, das ist eine ganz undurchsichtige Geschichte!", seufzte Seltsam. „Sie hat während der letzten Monate öfter mit Hartinger telefoniert, so auch an dem besagten Montag. Dass sie mit ihrem Mann im Dauerstress lebt, ist klar. Aber warum zum Teufel fährt sie am Tag des Mordes wie verrückt mit dem Rollstuhl auf dem Parkplatz in Asel herum? Was soll der Anruf bei Regine Hartinger mit der Drohung, dass die ihren Mann verlieren würde? Was für eine Beziehung hat sie zu Frank Hartinger? Und vor allem: Wo sind die beiden jetzt?“

„Wie ist die Ehefrau zu beurteilen, Regine Hartinger? Hat sie tatsächlich nichts gewusst vom Verhältnis ihres Mannes? Angenommen, sie hätte es doch schon früher erfahren, wie könnte sie reagiert haben?“

Erik Seltsam verdrehte die Augen. Mit einem einzigen Schluck leerte er seine Kaffeetasse und stand auf. Entschlossen ging er zur Tür und sagte: „Ich fahre zu ihr. Ich muss noch mal mit ihr reden! Und Sie überprüfen bitte die Sache mit dem Blitzer auf der Ederseerandstraße! Vielleicht haben wir Glück.“

Seltsam verließ das Büro und setzte sich ins Auto. Die Straßen waren noch nass und an einigen Stellen glänzten die Pfützen in der Sonne. Vor ihm fuhr gemächlich ein Auto mit Wohnwagenanhänger und gelbem Nummernschild. Davon gab es reichlich in dieser Gegend. Erik setzte gerade zum Überholen an, als ihm das morgendliche Gespräch mit der Waldecker Wirtin wieder einfiel. Sicher wäre es sinnvoll, noch einmal mit ihrem Mann zu reden. Schließlich hatte auch er das Wohnmobil auf dem Parkplatz bemerkt. Vielleicht hatte er doch etwas genauer hingeschaut als seine Frau. Männer achten ja manchmal auf ganz andere Dinge, davon war Seltsam überzeugt. Kurz entschlossen bog er in Richtung Waldeck ab.

Frank Hartinger öffnete mühsam die Augen. Sein Schädel brummte, als ob er drei Tage lang Weinprobe gemacht hätte. Im Halbdunkel des Raums versuchte er sich zu orientieren. Offensichtlich befand er sich in einem Wohnmobil. Er lag auf einer breiten Liege und war mit einer dünnen Decke zugedeckt. Die braunen Vorhänge waren zugezogen und spärliches Licht drang von außen herein. Als er versuchte, sich aufzurichten, merkte er, dass seine Hand- und Fußgelenke mit Paketband zusammengebunden waren. Frank wollte rufen, aber er brachte nur mühsam einen krächzenden Ton heraus und die Zunge klebte ihm am Gaumen fest. Auf der Anrichte neben ihm befand sich ein Glas mit einer trüben Flüssigkeit. Was war bloß mit ihm passiert? Er hatte keine Ahnung, wo er sich befand und wie lange er hier schon lag.

Angestrengt versuchte er sich zu erinnern. Und langsam lichtete sich der Nebel in seinem Kopf. Da war dieser Anruf gewesen, als er bei Tanja in der Pension eingeschlafen war. Eine aufgeregte Frauenstimme hatte ihm mitgeteilt, draußen habe jemand einen schlimmen Herzanfall in einem Wohnmobil erlitten. Er sei doch Arzt und müsse sofort herauskommen, um zu helfen. Ohne zu überlegen war er instinktiv aufgesprungen, hatte in aller Eile seine Kleider angezogen, nach seiner Arzttasche gegriffen und war nach draußen gestürzt. Tanja war nicht da gewesen, er konnte sich nicht erklären, wo sie sein mochte, aber er hatte keine Zeit gehabt, darüber nachzudenken. Er hatte sich auch keinen Augenblick darüber gewundert, dass irgendjemand hier von seiner Anwesenheit und von seinem Beruf wusste und noch dazu seine Handynummer hatte. Er war einfach aus dem Tiefschlaf hochgeschreckt und hatte völlig automatisch reagiert. Als er aus der Tür gerannt war, hatte er das offene Wohnmobil stehen sehen. Ohne zu zögern war er hineingesprungen, um nach dem angeblichen Patienten zu sehen und erste Hilfe zu leisten. Im selben Moment hatte er plötzlich bemerkt, dass die Tür verriegelt wurde und das Fahrzeug in rasanter Geschwindigkeit den Parkplatz verließ. Als er irritiert zum Fahrersitz geschaut hatte, hatte ihn die Erkenntnis wie ein Schlag getroffen: Er kannte die Frau, die am Steuer saß. Und er kannte auch den Mann, der hinten reglos auf der Liege lag! Irene Walesch hatte ihn in der letzten Zeit immer wieder kontaktiert und mit verzweifelten Vorwürfen überschüttet. Sie gab ihm die Schuld an der Querschnittslähmung ihres Mannes. Schließlich war sie irgendwann mit der ungeheuerlichen Forderung an ihn getreten, dem verpfuschten Leben ihres Mannes ein Ende zu bereiten. Empört hatte er sich dagegen verwahrt. Trotzdem hatte sie ihn immer wieder bedrängt. Erst am Vormittag des Tages, an dem er sich mit Tanja treffen wollte, hatte sie wieder bei ihm angerufen und ihn völlig aufgelöst um Hilfe gebeten.

Und wieder hatte er sie am Telefon abgewimmelt und schließlich einfach aufgelegt, weil er nicht mehr gewusst hatte, was er ihr noch sagen sollte. Aber am Mittag war Irene Walesch plötzlich auf dem Parkplatz vor dem Krankenhaus aufgetaucht, als er nach Dienstschluss zu seinem Wagen gegangen war. Er hatte sie einfach zur Seite geschoben und sie genervt stehen gelassen, weil er so schnell wie möglich zu Tanja wollte.

Langsam kam die Erinnerung an den Nachmittag dieses Tages zurück. War das gestern gewesen? Oder noch früher? Frank hatte keine Ahnung, wie lange er sich schon hier an diesem Ort befand. Er sah wieder die Situation vor sich, als das Wohnmobil sich in rasantem Tempo in Bewegung gesetzt hatte und erinnerte sich jetzt an jedes Wort, das gesprochen worden war.

„Sie werden uns jetzt nicht mehr ausweichen!", hatte Irene Walesch mit entschlossener Stimme gesagt. „Sie haben sich lange genug vor der Verantwortung gedrückt. Jetzt müssen Sie zu Ende bringen, was Sie verpfuscht haben."

Die Frau war in halsbrecherischem Tempo die Ederseerandstraße entlang gerast. Fast hatte sie den Eindruck erweckt, als ob sie es darauf anlegte, einen Unfall zu verursachen. Dabei hatte sie ununterbrochen auf ihn eingeredet, während ihre zitternden Hände krampfhaft das Steuerrad festhielten.

„Was ist mit Ihrem Mann?“, hatte Frank gefragt und auf den bewegungslosen Körper gedeutet.

„Ich habe ihm ein Schlafmittel gegeben. Die einzige Zeit, das Beisammensein mit ihm auszuhalten, ist, wenn er schläft. Wenn er wach ist, ist es unerträglich. Verstehen Sie doch endlich: Mein Mann will nicht mehr leben! Seit seinem Unfall und seiner missglückten Operation wird es mit ihm immer schlimmer. Er ist nur noch depressiv. Und er hat mich immer wieder gebeten, diesem Elend ein Ende zu machen. Aber ich habe ihm gesagt, dass ich das nicht kann. Das macht ihn grenzenlos aggressiv. Unser Leben ist ein einziges Drama. Er schreit nur den ganzen Tag, dass er sterben möchte, oder er weint. Er hadert pausenlos mit seinem Schicksal. Er gibt mir die Schuld, dass ich ihm nicht helfe, sein Leben zu beenden. Er hasst mich, weil er es nicht ertragen kann, dass ich mich frei bewegen kann, ohne fremde Hilfe in Anspruch nehmen zu müssen. All seine Wut lässt er an mir aus, weil sonst keiner mehr da ist, der es mit ihm aushält. Aber nicht ich – SIE sind schuld an seiner Situation! Sie haben ihn operiert, und seitdem ist sein Schicksal besiegelt. Aber damit ist Ihre Aufgabe noch nicht beendet. Sie müssen jetzt auch diesen letzten Schritt für uns tun. Sie sind doch Arzt und haben die entsprechenden Mittel, um seinem Elend möglichst human ein Ende zu bereiten. Sie tragen die Verantwortung für seinen Zustand. Also tragen Sie jetzt auch die Konsequenzen und helfen Sie ihm!“

Frank hatte nur den Kopf geschüttelt. „Sie haben wirklich mein ganzes Mitgefühl, glauben Sie mir! Ich habe alles getan, was in meiner Macht steht. Wenn ich eine Möglichkeit hätte, Ihren Mann gesund zu machen, ich würde es tun. Aber ich kann es nicht. Und dabei, was Sie von mir verlangen, kann ich Ihnen nicht helfen. Ich habe es Ihnen schon früher am Telefon und auch heute Mittag gesagt: Ich kann es nicht, ich darf es nicht und ich will es nicht. Und ich werde es nicht tun."

Irene Walesch hatte abrupt auf die Bremse getreten. Die Tränen waren ihr die Wangen hinuntergelaufen. Sie hatte vor Wut und Erregung am ganzen Leib gezittert und mit beiden Fäusten auf das Lenkrad getrommelt.

„Sie Feigling!", hatte sie hervorgestoßen und Frank mit hasserfülltem Blick angestarrt. „Dann werde ich es eben allein tun. Und zwar noch heute."

Frank hatte versucht sie zu beruhigen und nach ihrem Arm greifen wollen. Zu spät hatte er das Tuch und das Fläschchen bemerkt, das sie aus der Klappe der Fahrertür gezogen hatte.

Das war das letzte, an das Frank sich erinnerte.

Stöhnend versuchte er sich auf die Seite zu wälzen. Die Gelenke schmerzten höllisch. Er verspürte den Wunsch, einfach wieder die Augen zu schließen und in die barmherzige Schwärze zurückzufallen, aus der er gerade erwacht war. Aber er widerstand der

Versuchung und hob mühsam den Kopf. Den Schmerz ignorierend, der sich bei jeder Bewegung verstärkte, wanderten seine Blicke durch das Wohnmobil. Der Boden war mit Spuren aus getrocknetem Schlamm bedeckt, der offensichtlich von den völlig verdreckten Schuhen stammte, die achtlos hingeworfen auf dem Boden lagen. Er selbst befand sich auf der Liege, auf der er Harald Walesch hatte liegen sehen. War es gestern, vorgestern oder noch früher gewesen? Und wo war Harald Walesch jetzt? Erst jetzt fiel sein Blick auf die kleine Lücke, die sich zwischen dem Beifahrersitz und einer schmalen Kommode befand. In dieser Lücke kauerte eine Gestalt, die ihn aus teilnahmslosen Augen apathisch anstarrte.

„Frau Walesch?“ Frank erschrak vor seiner eigenen Stimme, die heiser die Stille des Raums durchbrach. Auch die Frau zuckte erschrocken zusammen und hob den Kopf.

„Frau Walesch! Was ist passiert?“ Ungeachtet seiner eigenen misslichen Lage versuchte der Arzt, leise zu sprechen und seine Stimme zu kontrollieren. Ganz offensichtlich befand sich die Frau in einem Schockzustand. Alles, was er tun konnte, war, beruhigend auf sie einzureden.

„Ich habe es getan!“, stammelte die Frau plötzlich. „Mein Gott, ich habe es wirklich getan …“

Tränen liefen ihr die Wangen hinunter und sie schaute Frank an.

„Ich wollte Harry immer helfen. Wollte für ihn da sein. Ihn pflegen und ihm sein Leben erleichtern. Aber er hat mich dafür gehasst. Das einzige, was er wollte, war zu sterben. Sie hätten seinen Wunsch erfüllen können. Aber Sie haben sich geweigert. Und jetzt habe ich es getan."

Sie ließ den Kopf wieder auf die Brust fallen und schwieg.

„Was haben Sie getan?" Frank versuchte die Beherrschung zu behalten, obwohl er spürte, wie er vor Erregung zitterte. Zudem dröhnte ihm der Kopf und überdeckte damit fast noch die Schmerzen in den Armen und Beinen. Aber er musste unbedingt vermeiden, dass die Frau eine weitere Kurzschlusshandlung beging. Das Wichtigste war, dass sie erst einmal ein Ventil fand für ihre angestauten Gefühle und Gedanken.

„Das Schwerste war, ihn in den Rollstuhl zu setzen …", murmelte sie plötzlich. „Er hat ja fest geschlafen … Aber dann ging es ganz leicht …"

Sie sprach mit langen Pausen und ihre Hände rieben ruhelos über ihre Knie. Frank unterbrach sie nicht.

„Ich habe ihn einfach ins Wasser geschoben … Fast wäre der Rollstuhl im Schlamm steckengeblieben, aber dann ging es doch … Und der Fluss hat ihn einfach mitgenommen ..."

Sie schwieg und ihr Blick verlor sich in der Weite. Frank befürchtete, sie könnte in eine Lethargie verfallen, die sie vollkommen handlungsunfähig machen würde.

Deshalb fragte er behutsam: „Und dann? Wohin sind Sie dann gegangen? Und wo sind wir jetzt?“

Irene Walesch hob den Kopf und schaute ihn an. Sie schien nachzudenken. Dann zuckte sie mit den Schultern. „Ich weiß es nicht mehr“, sagte sie resigniert. „Ich weiß nur, dass ich einfach in den Wagen gestiegen und losgefahren bin.“

„Bitte“, sagte Frank leise, „können Sie mir das Klebeband von den Gelenken abmachen? Ich gebe Ihnen mein Versprechen, dass ich nichts tun werde, was Sie nicht wollen.“

Mühsam erhob sich Irene Walesch vom Boden. Sie strich sich mit der Hand die verworrenen Haarsträhnen aus dem Gesicht und öffnete langsam die Schublade der kleinen Kommode. Ohne hinzuschauen tastete sie darin herum und holte schließlich ein kleines Sägemesser heraus. Mit leerem Blick betrachtete sie es einen Augenblick. Plötzlich führte sie es zu ihrem eigenen Handgelenk und drückte mit großer Entschlossenheit zu. Sprudelnd schoss ein heller Blutstrahl heraus, während sie mit weit aufgerissenen Augen auf die rote Pfütze am Boden starrte, die sich rasch vergrößerte.

„Frau Walesch, was tun Sie? Geben Sie mir das Messer!“ Eindringlich redete Frank auf sie ein, aber er merkte, dass er sie nicht mehr erreichte. Plötzlich sackte sie zusammen und das Messer entfiel ihrer kraftlosen Hand.

Ungeachtet seiner eigenen Schmerzen robbte Frank sich an den Rand der Liege und ließ sich zu Boden fallen. Ein jäher Schmerz durchzuckte ihn. Aber er versuchte, die aufkommende Übelkeit zu unterdrücken und schob sich mit aller Kraft zu der am Boden liegenden Frau. Es gelang ihm, das Messer zu greifen und den Griff zwischen seine Knie zu klemmen. Schon nach kurzer Zeit hatte er das Klebeband an den Handgelenken durchtrennt und konnte nun auch seine Fußgelenke befreien. Er wandte sich unverzüglich Irene Walesch zu, die bewegungslos vor ihm lag. Noch immer pulste das Blut aus der Wunde. Mit geübtem Griff tastete Frank nach der Schlagader und drückte mit aller Kraft, bis der Blutstrom stoppte. Suchend blickte er sich um. Irgendwo musste etwas sein, womit er den Arm abbinden konnte. Tatsächlich entdeckte er den Gürtel eines Morgenmantels in greifbarer Nähe. Ohne seinen Griff zu lockern, schlang er den Gürtel mit der anderen Hand um den Arm, klemmte den kleinen Schirm dazwischen, der hinter dem Sitz gelegen hatte, und begann zu drehen, bis der Arm fest abgebunden war und die Blutung stoppte. Er richtete sich auf. Irene Walesch lebte. Aber sie hatte eine Menge Blut verloren und musste umgehend ins Krankenhaus.

Frank schleppte sich zur Tür des Wohnmobils und öffnete sie. Das Fahrzeug stand auf einem Waldweg, der ziemlich steil nach oben führte. Rechts und links sah er nichts als Bäume und auch nach hinten war nicht zu erkennen, woher der Weg kam. Sie mussten hier weg, und zwar schnell! Er würde hier rausfahren müssen, auch wenn ihm vor Schmerzen schlecht war. Aber wo war der Autoschlüssel? Im Zündschloss steckte er nicht und auch sonst lag er nirgendwo herum. Verzweifelt begann Frank zu suchen. Er schaute in jedes Fach, hob alles hoch, fühlte in jede Ritze. Irgendwo musste das verdammte Ding doch sein! Das einzige, was er fand, war Irene Waleschs Handy, aber das war so schwarz und stumm, wie es nur sein konnte.

Frank beugte sich über die Frau. „Wo ist der Schlüssel?", fragte er in flehendem Ton und versuchte sie zu schütteln. Aber sie reagierte nicht. Frank fasste in ihre Hosentasche. Nichts.

Vielleicht war sie ausgestiegen und hatte ihn außerhalb des Wagens verloren? Frank verließ das Fahrzeug und suchte den Waldboden mit den Augen ab. Er humpelte um den Wagen herum und hoffte inständig darauf, den Schlüssel zu finden. Aber nirgendwo konnte er ihn entdecken. Erschöpft setzte er sich in die offene Tür des Wohnmobils. Er stützte den Kopf in die Hände und dachte fieberhaft nach, was er tun könnte. Wenn er nur wüsste, wo er sich befand?

„Tooor!“ Frank öffnete die Augen. War er eingeschlafen und hatte geträumt? Es war ihm vorgekommen, als hätte er den Jubelruf einer Fußballmannschaft vernommen. Aber wahrscheinlich phantasierte er. Er schaute ins Innere des Wohnmobils. Irene Walesch lag noch immer so, wie er sie zuletzt gesehen hatte. Aber sie atmete flach und gleichmäßig.

In diesem Moment hörte er es wieder: „Tooor!“ Das war keine Sinnestäuschung, kein Traum. Irgendwo in der Nähe musste ein Fußballplatz sein.

Frank erhob sich mühsam. Er schaute noch einmal zu Irene Walesch, dann begann er, sich den Waldweg hinunter zu schleppen. Obwohl es nur wenige Meter waren, kam es ihm endlos vor, bis er eine asphaltierte kleine Straße erreichte. Er wandte sich nach links. Nach etwa zehn Metern machte die Straße dort eine scharfe Kehre, dahinter musste das Fußballfeld sein. Tatsächlich konnte er nach ein paar Schritten das Vereinsheim erkennen und auf dem Sportplatz dahinter schien gerade ein Trainingsspiel stattzufinden. Etliche junge Männer, von denen die Hälfte ein leuchtend grünes Leibchen angezogen hatte, spielten gegeneinander. Taumelnd erreichte Frank den Spielfeldrand. Er fasste einen jungen Mann am Arm, der das Spiel beobachtete und stammelte: „Rufen Sie einen Krankenwagen. Da oben im Wald ist ein Wohnmobil mit einer Frau, die braucht Hilfe!“ Dann verlor er das Bewusstsein.

Erik Seltsam glaubte seinen Augen nicht zu trauen. Mit allem hatte er gerechnet, aber nicht, Regine Hartinger und Tanja Rulberg zusammen im Frühstücksraum der Pension sitzen zu sehen. Sie hatten eine Flasche Waldecker Mineralwasser und zwei Gläser vor sich stehen und sprachen miteinander. Waren sie nicht eigentlich Rivalinnen? Er hätte es normal gefunden, wenn sie sich gegenseitig gehasst oder sich zumindest gemieden hätten. Stattdessen wirkten sie eher vertraut. Der Kommissar räusperte sich vernehmlich und setzte sich ohne zu fragen auf den noch freien Stuhl. Dabei versuchte er, beide Frauen möglichst genau im Blick zu haben. Aber wenn er erwartet hatte, dass sie sich vielleicht ertappt fühlen würden, so hatte er sich getäuscht. Beide waren zwar erschrocken über sein plötzliches Erscheinen, aber es gab keinerlei Anzeichen dafür, dass das Entdecken ihres Zusammenseins für sie in irgendeiner Weise kompromittierend wäre. In ihren Augen spiegelte sich allein die Angst vor einer vielleicht schlechten Nachricht.

„Ich bin einigermaßen erstaunt, Sie hier zusammen zu sehen!“ Seltsam sprach direkt aus, was ihm durch den Kopf ging.

„Das kann ich Ihnen erklären!“, erwiderte Regine ohne zu zögern. „Aber sagen Sie mir zuerst: Gibt es eine Spur von meinem Mann?“

„Leider nicht.“ Seltsam schüttelte den Kopf. „Ich habe gleich noch ein paar Fragen an Sie. Aber vielleicht erklären Sie mir erst einmal, wieso Sie beide sich hier getroffen haben.“

Bereitwillig schilderte Regine, wie es zu ihrem Treffen gekommen war. Tanja nickte bestätigend.

„Sagen Sie, Frau Rulberg hat erwähnt, dass Sie meinen Mann in Zusammenhang bringen mit dem Tod von Harald Walesch.“

Seltsam zuckte nur schweigend die Schulter und sah Regine erwartungsvoll an.

„Ich habe es in der Zeitung gelesen, dass er tot aus dem Edersee geborgen wurde. Und er war ein früherer Patient von meinem Mann. Aber glauben Sie mir: Frank hat damit ganz sicher nichts zu schaffen! Das kann nicht sein! Nie würde Frank so etwas tun. Ja, er hat mich tief verletzt, er hat Dinge getan, die ich ihm niemals zugetraut hätte. Aber ich schwöre Ihnen, er würde niemals einen Mord begehen. Und das ist es doch, was Sie vermuten?“

Regine schaute den Kommissar mit aufgerissenen Augen an.

„Wie erklären Sie sich, dass die Patientenakte von Harald Walesch zu Hause in seinem Schreibtisch war? Sie haben doch selbst gesagt, dass das für ihn eher unüblich ist.“ Seltsam beobachtete Regine genau. Da saß eine betrogene Ehefrau vor ihm, die allen Grund hatte, auf ihren Mann wütend zu sein, die ihn aber trotz allem mit großer Leidenschaft in Schutz nahm.

„Ich weiß es nicht“, sagte sie jetzt. „Ich kann es Ihnen wirklich nicht erklären. Aber ich schwöre Ihnen, mit dem Tod dieses Mannes kann mein Mann nichts zu tun haben.“

Während der letzten Minuten hatte Tanja immer wieder zu Regine geschaut. Sie bewunderte diese Frau, die ihren Mann so bedingungslos und leidenschaftlich verteidigte – nach allem, was sie mit ihm erlebt hatte. Als der Kommissar in ihre Richtung blickte, sagte sie, ohne dass er sie gefragt hätte: „Das würde ich sofort genauso unterschreiben. Für Franks Unschuld würde ich meine Hand ins Feuer legen.“

Seltsam schüttelte den Kopf. „Verstehe einer die Frauen“, dachte er. Er selbst hatte schon mit verschiedenen Frauen zusammengelebt, aber bei keiner konnte er sich vorstellen, dass sie ihm so bedingungslos vertraut hätte. Dieser Frank Hartinger musste anscheinend schon ein ganz besonderes Exemplar Mann sein, dass er gleich zwei fraglos attraktive und selbstbewusste Gefährtinnen hatte, die zu ihm hielten, obwohl doch so vieles gegen ihn sprach.

Seltsam wollte gerade aufstehen und sich nach dem Wirt umsehen, als sein Handy klingelte. Die Stimme seiner Assistentin klang aufgeregt.

„Wir haben wahrscheinlich Irene Walesch und Frank Hartinger!“, rief sie. „Fahren Sie so schnell wie möglich zum Sportplatz in Nieder-Werbe. Sie müssen die Straße, die an der Sommerrodelbahn vorbeiführt, bis zum Ende durchfahren. Krankenwagen und Notarzt aus Sachsenhausen sind verständigt."

„Ich bin in zehn Minuten da!", rief Seltsam und sprang so heftig auf, dass sein Stuhl hinter ihm umkippte.

„Sie bleiben am besten hier!", sagte er in einem Ton, der keinen Widerspruch zuließ, zu den beiden Frauen, die ihn erschrocken ansahen. Ohne weitere Erklärung rannte er zu seinem Auto, stellte das Blaulicht aufs Dach und raste mit heulender Sirene davon.

Nur wenige Rodel waren auf der Bahn, als Seltsam in rasantem Tempo an der im Hundertwasser-Stil erbauten Freizeiteinrichtung vorbeifuhr. In den letzten Jahren war der Platz immer wieder um zahlreiche Attraktionen für Jung und Alt erweitert worden. In den Sommermonaten war hier im Allgemeinen immer viel Betrieb. Im Moment allerdings hatten sich zahlreiche Menschen an den Tischen vor dem Kiosk versammelt, von wo man gut auf die Straße sehen konnte. Es war nicht unbemerkt geblieben, dass zwei Krankenwagen und ein Notarztwagen mit Blaulicht in Richtung Sportplatz gefahren waren. Schade – bis dorthin hatte man von hier aus keinen Einblick! Deswegen war man auf Mutmaßungen angewiesen, und davon gab es reichlich. Vielleicht hatte es ja einen Unfall auf dem Fußballplatz gegeben. Oder im nahe gelegenen Steinbruch war etwas passiert. Oder an der alten Mühle am Bachlauf der Werbe. Auf jeden Fall war es sich sicher spannend, noch eine Weile hier zu bleiben und die Sache weiter zu beobachten. Irgendwann mussten die Wagen ja wieder zurückkommen. Und vielleicht wusste ja dann auch jemand, was da hinten los war.

Seltsam schüttelte den Kopf. Er konnte sich noch immer nicht daran gewöhnen, dass sich überall, wo etwas passiert war, ein neugieriger Pulk von sensationslustigen Menschen versammelte, die in den meisten Fällen die Polizeiarbeit schwermachten.

Als er den Sportplatz erreichte, sah er sofort das Rettungsfahrzeug von Promedica. Zwei Sanitäter kümmerten sich um einen Patienten im Innenraum. Seltsam zeigte seinen Dienstausweis und verschaffte sich Zutritt. „Das ist Frank Hartinger“, sagte er nach einem kurzen Blick auf den Mann, der mit geschlossenen Augen dalag. „Wie steht es um ihn?“

„Er ist stabil. Wir fahren ihn jetzt in die Hessenklinik in Korbach“, antwortete einer der Sanitäter. „Können Sie noch weitere Angaben zu ihm machen?“

„Nichts, was medizinisch nützlich wäre. Ich verständige die Ehefrau.“

Der Sanitäter nickte und wandte sich wieder Hartinger zu, der noch immer die Augen geschlossen hatte.

„Wo sind der andere Wagen und der Notarzt?“, fragte Seltsam. Der Fahrer des Krankenwagens wies mit dem Finger die Straße entlang. „Gleich hinter der Kurve“, sagte er. „Da liegt eine Frau in einem Wohnmobil. Ich glaube, mit der gibt es größere Probleme.“

Seltsam sprang aus dem Wagen. Nach wenigen Schritten sah er das Fahrzeug des Notarztes und den Krankenwagen. Ein Blick ins Innere bestätigte seine Vermutung: Das war Irene Walesch. Sie lag bleich auf der Trage, die Hände mit einem dicken Verband verbunden, offensichtlich bewusstlos. Eine Infusionsflasche war angehängt worden, durch die langsam aber stetig Tropfen für Tropfen in ihre Adern lief. Der Notarzt, ein kräftiger, nicht mehr ganz junger Mann, kniete neben ihr. Einer der Sanitäter zog gerade eine Spritze auf und reichte sie dem Arzt. „Sauerstoff“, kommandierte der, während er der Frau die Spritze setzte. Dabei bemerkte er Seltsam, der noch immer an der offenen Tür stand.

„Wer sind Sie denn?“, kauzte der Arzt, ohne die Frau aus den Augen zu lassen. Offensichtlich dachte er, er hätte einen der Zuschauer vom Fußballplatz vor sich. Seltsam stellte sich vor, und der Arzt knurrte ein knappes „Dr. Dietrich“.

„Wird sie überleben?“, fragte Seltsam.

„Ich gehe davon aus“, sagte der Arzt. „Allerdings hat sie versucht, sich die Pulsadern aufzuschneiden … oder es war jemand anderes. Sie hat ziemlich viel Blut verloren und ist in einem miserablen Allgemeinzustand. Wir müssen abwarten.“

Inzwischen hatte der Sanitäter der Frau eine Sauerstoffmaske angelegt und der Arzt schaute zu dem Fahrer. „Fahren Sie los!“, befahl er. „Mit Blaulicht und Sirene. Ich bleibe hinten im Wagen!“

„Es besteht Fluchtgefahr!“, rief Seltsam noch durch die geöffnete Tür.

„Glauben Sie mir, die flieht im Moment nirgendwohin“, knurrte Dr. Dietrich und schloss energisch die Tür.

Das Wohnmobil stand noch immer mit geöffneten Türen in dem Waldweg, der steil nach rechts oben führte. Von der Straße aus war es nicht zu entdecken, aber inzwischen gab es zahlreiche Spuren auf dem durchnässten lockeren Boden. Nur ein paar Meter weiter rechts führte eine kleine, befestigte Straße hinauf nach Nieder-Werbe, ein Schleichweg, der aber selten benutzt wurde, zumal er eine außergewöhnlich starke Steigung hatte. Auch von hier aus konnte man das zwischen den Bäumen abgestellte Wohnmobil nicht sehen.

Als Seltsam den Innenraum betrat, fiel ihm sofort die große, noch frische Blutlache auf dem Boden auf. Hier musste Irene Walesch gelegen haben. Auch der getrocknete Schmutz war auffällig. Vermutlich stammte er vom Ederufer, wo Harald Walesch ins Wasser gerollt worden war. Die Spurensicherung würde das feststellen können. Der Kommissar schaute sich um. Die Einrichtung des Fahrzeugs war einfach aber zweckmäßig. Eine nach innen wegklappbare Rampe sowie mehrere an den Wänden befestigte Haltegriffe zeugten von der Benutzung des Wohnmobils durch einen Rollstuhlfahrer.

Seltsam griff zum Handy und wählte die Nummer seines Büros.

„Bei den aufgefundenen Personen handelt es sich tatsächlich um Irene Walesch und Frank Hartinger. Sie sind jetzt auf dem Weg in die Hessenklinik. Schicken Sie die Spurensicherung und einen Abschleppwagen hierher“, sagte er zu seiner Assistentin.

„Schon passiert“, sagte sie. „Ich dachte mir, dass sie benötigt würden. Sie sind schon unterwegs. Soll ich sonst noch jemanden verständigen?“

„Das mache ich selbst!“, antwortete Seltsam.

Er wartete, bis die Kollegen der Spurensicherung eintrafen und ging dann zurück zu seinem Auto. Einen kurzen Augenblick lang überlegte er, ob er noch einmal nach Waldeck fahren sollte. Er ging davon aus, dass Regine Hartinger noch vor Ort war. Aber dann entschied er sich anders und wählte die Nummer ihres Handys. Schon nach dem zweiten Rufzeichen meldete sie sich.

„Wir haben Ihren Mann gefunden“, sagte er knapp. „Er ist am Leben und wird im Moment ins Stadtkrankenhaus nach Korbach gefahren. Bitte kommen Sie dort hin. Wir treffen uns in der Eingangshalle bei der Rezeption."

Der Kommissar hörte, wie Regine Hartinger einen Aufschrei unterdrückte. Dann sagte sie mit bebender Stimme: „Ich fahre sofort los!"

Als sie das Telefon aus der Hand legte, zitterte Regine am ganzen Körper. Seit dem überstürzten Aufbruch des Kommissars war etwa eine Stunde vergangen. In dieser Zeit hatten die beiden Frauen alle möglichen Vermutungen angestellt, was passiert sein konnte, und waren von Minute zu Minute nervöser geworden. Jetzt schaute Tanja mit weit aufgerissenen Augen zu Regine und wartete darauf, dass sie endlich sprechen würde.

„Frank wurde gefunden", sagte Regine atemlos. „Sie bringen ihn gerade nach Korbach ins Krankenhaus. Ich muss sofort hin!"

Erst jetzt fiel ihr ein, dass ihr Auto ja noch an der Staumauer stand. Auch Tanja hatte im selben Moment daran gedacht. „Ich fahre Sie nach Korbach, wenn Sie nichts dagegen haben. Oder ist es Ihnen lieber, wenn ich Sie zu Ihrem Wagen bringe?"

Regine zögerte kurz. Dann griff sie nach Tanjas Hand und sagte: „Wenn Sie mitkommen würden …, ich glaube, es würde mir helfen."

Erik Seltsam stand in der Eingangshalle des Krankenhauses und wartete. Die einzige Auskunft, die er bis jetzt bekommen hatte, war, dass sowohl Frank Hartinger als auch Irene Walesch zurzeit noch nicht vernehmungsfähig seien. Aber man würde ihn in Kenntnis setzen, wenn ihr Zustand es erlauben würde, dass er mit ihnen sprechen konnte.

Seltsam setzte sich auf einen der Stühle im Wartebereich und beobachtete das Kommen und Gehen. Um diese Tageszeit trafen zahlreiche Besucher zu Krankenbesuchen ein. Einige hatten Blumen dabei, andere trugen in Geschenkpapier eingewickelte Päckchen, wieder andere kamen mit leeren Händen. Die nette Dame an der Rezeption hatte alle Hände voll zu tun, denn ständig brauchte jemand Auskunft darüber, wo ein bestimmter Patient zu finden war. Seltsam überlegte gerade, ob er sich in der angrenzenden Cafeteria einen Cappuccino holen sollte, als er sah, dass Regine Hartinger die Eingangshalle betrat. In ihrer Begleitung befand sich Tanja Rulberg. Der Kommissar stand auf und machte sich bemerkbar. Er winkte die Frauen zu sich heran und sie setzten sich hastig.

„Was ist passiert? Wie geht es meinem Mann?" Regine hatte ein Taschentuch zerknüllt und knetete es nervös in den Händen.

Seltsam schaute fragend in Tanjas Richtung. Regine schien seine Gedanken zu erraten und beeilte sich zu versichern: „Sie können mir ruhig alles sagen. Ich habe kein Problem damit, dass Frau Rulberg zuhört.“

In knappen Worten schilderte Seltsam die Ereignisse der letzten beiden Stunden. Noch immer waren ihm die Zusammenhänge nicht klar, die letztendlich zum Tod von Harald Walesch geführt hatten. Aber er hoffte darauf, dass die Aussagen der beiden Menschen, die ganz offensichtlich daran beteiligt gewesen waren, in Kürze Klarheit in den Fall bringen würden.

„Ich will sofort zu meinem Mann!“, sagte Regine, als Seltsam seine Ausführungen beendet hatte.

„Fragen Sie den Arzt“, meinte Seltsam. „Als Ehefrau haben Sie ein Recht darauf, ihn zu sehen.“

Entschlossen stand Regine auf. Sie ging zur Anmeldung und verschwand kurz darauf in Richtung Fahrstuhl.

Die Sonne des späten Nachmittags tauchte das Krankenzimmer in ein freundliches Licht. Regine saß still vor dem Bett und betrachtete ihren schlafenden Mann. Er sah blass aus und das blauweiße Krankenhaushemd, das man ihm übergezogen hatte, verstärkte sein angegriffenes Aussehen. Man hatte ihm eine Infusion angehängt und ein Monitor überwachte die Herztätigkeit. Der Arzt hatte ihr einen kurzen Besuch gestattet und ihr mitgeteilt, dass Frank für einige Minuten bei Bewusstsein gewesen war. Offensichtlich hatte er in den letzten Tagen immer wieder starke Schlafmittel verabreicht bekommen und war infolge dessen noch immer stark beeinträchtigt. Außer ein paar blutunterlaufenen Stellen an den Handgelenken, die augenscheinlich von einer Fixierung stammten, und einer leichten Schulterprellung sei bei ihm körperlich alles in Ordnung. Sie solle ihn aber auf jeden Fall schlafen lassen. Frühestens morgen sei er wieder ansprechbar.

Regine griff fast schüchtern nach seiner Hand. Die ungeheure Anspannung der letzten Tage suchte sich ein Ventil und sie ließ ihren Tränen freien Lauf. Es fiel ihr schwer, ihre Gedanken zu sortieren. Einerseits war da die maßlose Erleichterung darüber, dass Frank am Leben war und diese unerträgliche Ungewissheit ein Ende hatte. Andererseits nagte noch immer in unverminderter Heftigkeit die unbewältigte Enttäuschung über seine Unehrlichkeit in ihr und hinterließ einen bohrenden Schmerz. Sie fühlte sich plötzlich ausgebrannt und unendlich müde. Schluchzend legte sie ihren Kopf auf den Rand seines Bettes.

In diesem Moment öffnete sich die Tür und eine Krankenschwester trat ein. Fürsorglich nahm sie Regine am Arm und sagte leise: „Es ist besser, wenn Sie jetzt gehen. Ihr Mann braucht jetzt viel Ruhe und auch Sie sollten sich beruhigen. Ich verspreche Ihnen: Wir passen gut auf ihn auf! Kommen Sie morgen wieder, dann wissen wir mehr und Sie können dann sicher mit ihm reden."

Regine nickte. Sie strich Frank noch einmal über die Wangen, dann verließ sie das Zimmer.

Tanja Rulberg und Erik Seltsam saßen noch immer am gleichen Platz in der Eingangshalle, als Regine aus dem Fahrstuhl stieg. Gespannt schauten sie in ihr verweintes Gesicht.

„Ich konnte nicht mit ihm sprechen. Er schläft. Und ich soll erst morgen wiederkommen“, erklärte sie und schnäuzte sich kräftig. Die beiden anderen schwiegen.

„Ich möchte jetzt nach Hause!“, sagte Regine plötzlich. „Ich glaube, ich muss jetzt erst einmal allein sein!“

Tanja stand auf. „Ich bringe Sie zu Ihrem Auto!“, schlug sie vor. Regine nickte mechanisch und schaute fragend den Kommissar an. Der bewegte zustimmend den Kopf.

„Wie lange sind Sie noch in Waldeck?“, wandte er sich dann an Tanja.

„Ich müsste spätestens übermorgen zurück nach Freiburg“, antwortete sie. „Geht das?“

„Im Moment sehe ich da kein Problem“, meinte Seltsam. „Ihre Adresse und Telefonnummer haben wir ja, falls wir Sie noch einmal benötigen. Aber melden Sie sich morgen auf jeden Fall noch einmal bei mir.“

Damit reichte er den beiden Frauen die Hand und verabschiedete sich. Er wartete, bis sie die Eingangshalle verlassen hatten, dann ging er, um sich zu erkundigen, ob es vielleicht doch schon etwas Neues von Irene Walesch gab. Aber das einzige, was er hörte, war, dass sie nicht mehr in Lebensgefahr sei, ansonsten aber noch nicht vernehmungsfähig.

Die ganze Fahrt über saß Regine in Gedanken versunken schweigend auf dem Beifahrersitz und starrte aus dem Fenster. Als sie am Parkplatz an der Sperrmauer angekommen waren, parkte Tanja ihren Wagen neben Regines Fahrzeug. Regine öffnete die Tür und drehte sich zu Tanja. Sie sah ihr geradezu in die Augen. „Ich danke Ihnen“, sagte sie.

„Kann ich noch irgendetwas für Sie tun?“, fragte Tanja leise.

Regine schüttelte den Kopf.

„Ich möchte jetzt einfach nur allein sein“, sagte sie. „Ich muss mir darüber klarwerden, wie es jetzt weitergeht. Und dabei kann mir keiner helfen.“

Damit stieg sie aus dem Auto. Bevor sie die Tür zuschlug, wandte sie sich noch einmal nach innen: „Ich weiß nicht, ob wir uns vielleicht noch mal begegnen werden. Aber ich wünsche Ihnen eine gute Heimreise.“

Tanja spürte plötzlich einen dicken Kloß im Hals. Einem spontanen Gefühl nachgebend verließ sie ebenfalls das Auto und ging auf Regine zu. Schweigend nahm sie sie in die Arme und zu ihrem Erstaunen ließ Regine die Berührung zu.

„Bitte, verzeihen Sie mir!“, flüsterte Tanja, während ihr die Tränen die Wangen hinunterliefen. Einen Moment lang standen die beiden Frauen auf dem Parkplatz, dann löste sich Regine aus der Umarmung und ging auf ihren Wagen zu. Sie hob noch einmal kurz die Hand, dann stieg sie ein. Tanja sah ihr nach, wie sie davonfuhr. Sie wischte sich die Tränen aus dem Gesicht und setzte sich wieder ins Auto.

Langsam fuhr sie in Richtung Waldeck zurück. Als sie kurz vor der Einfahrt zu ihrer Pension war, fühlte sie, dass sie es jetzt nicht würde ertragen können, allein in diesem Zimmer zu sitzen. Sie hatte das Bedürfnis nach frischer Luft und Weite und wollte irgendwo ungestört ihren Gedanken nachhängen. Ziellos fuhr sie die Uferstraße weiter entlang. In Nieder-Werbe sah sie plötzlich die Fahrbahn der Sommerrodelbahn vor sich, die in der Abendsonne blinkte. Alles war ruhig, denn das Freizeitgelände hatte bereits geschlossen. Tanja zögerte kurz und überlegte, ob sie in die Straße einbiegen sollte. Der Kommissar hatte gesagt, dass man dort Frank und das Wohnmobil dieser Frau Walesch gefunden hatte. Aber was würde das bringen, wenn sie jetzt diese Stelle suchte? Es würde sie nur noch mehr aufwühlen. Kurz entschlossen bog sie nach links in Richtung der Halbinsel Scheid ab und fuhr bis zum Ende der Straße. Auf dem Parkplatz stellte sie ihren Wagen ab. Die Betreiber des kleinen Pizza-Kiosk waren gerade damit beschäftigt, ihre Geräte sauber zu machen, und grüßten freundlich. Tanja nickte kurz und wandte sich nach rechts, wo ein Stück weiter unten der See zu sehen war. Sie wusste, dass an der Uferpromenade einige Bänke standen, vielleicht könnte sie dort ein wenig sitzen und Ruhe finden. Aber als sie dort ankam, sah sie, dass ein paar Jugendliche die ersten Bänke in Beschlag genommen hatten und nicht gerade leise ihre Tageserlebnisse austauschten. So wandte sie sich nach links, wo ein schmaler Waldweg auf den höchsten Punkt der Halbinsel führte.

Es tat gut, ein wenig zu laufen. Tanja merkte, wie sie die kleine Steigung forderte, aber auch das war jetzt ein gutes Gefühl. Schon nach wenigen Minuten erreichte sie eine Aussichts-Plattform, die direkt an den Hang gebaut war. Die zwei Bänke waren frei und luden zum Verweilen ein. Tanja setzte sich und schaute hinunter zum Edersee. Direkt vor ihr lag die Liebesinsel, die sich bei dem niedrigen Wasserstand hoch über die Wasseroberfläche heraushob. Auf der gegenüber liegenden Seite des Sees schaute man auf den Ort Bringhausen mit seinen Campingplätzen am Seeufer und seinen Berghängen des Naturparks Kellerwald.

Tanja lehnte sich zurück und ließ die Ruhe und den Frieden dieser Landschaft auf sich wirken. Langsam merkte sie, wie die Anspannung des vergangenen Tages von ihr abfiel. Sie seufzte. Wie viel anders hatte sie sich diese Woche in Waldeck vorgestellt! Mit so vielen frohen Erwartungen und unbändiger

Vorfreude war sie am letzten Montag hier eingetroffen! Und wie sehr war alles anders gekommen!

Tanja hatte plötzlich Regines Bild vor Augen, wie sie, noch immer angezogen mit ihrem eigenen Kleid, an der Sperrmauer in ihr Auto gestiegen war. Noch vor einer Woche hatte sie nicht einen einzigen Gedanken an die Frau ihres Geliebten verschwendet. Jetzt, wo sie sie kennengelernt hatte, empfand sie uneingeschränkte Sympathie für sie. Mit dieser Erkenntnis wurde ihr schlagartig klar, dass sie das Verhältnis zu Frank nicht weiterführen konnte. Die Begegnung mit seiner Frau hatte alles verändert. Und das bedeutete in der Konsequenz, dass sie sich von Frank trennen würde, ohne Wenn und Aber, auch wenn sie der Gedanke daran noch so sehr schmerzte. Sie fand die Vorstellung schon jetzt fürchterlich, nie mehr mit Frank irgendwelche Unternehmungen zu planen, sich nie mehr auf ein Wiedersehen zu freuen. Er würde eine entsetzliche Leere in ihrem Leben hinterlassen, und sie war im Moment noch nicht in der Lage sich vorzustellen, wie sie diese Lücke in Zukunft würde füllen können. Aber auf gar keinen Fall konnten sie ihre Beziehung fortsetzen und so tun, als hätte es diese letzte Woche nicht gegeben.

Tanja weinte. Mit tränenverschleiertem Blick schaute sie auf die langsam untergehende Sonne. Noch immer war es sommerlich warm und sie hörte die Vögel, die in den Bäumen ihr Abendlied zwitscherten. Welch ein idyllisches Plätzchen war das doch hier! Aber für sie würde es hier der letzte Abend sein! Ihr Entschluss stand jetzt fest: Sie würde keinen Tag länger mehr hier in dieser Gegend bleiben als nötig. Noch heute würde sie ihre Sachen packen. Morgen Vormittag würde sie versuchen, Frank noch einmal zu sehen und ihm ihren Entschluss mitteilen. Anschließend würde sie den Kommissar von ihrer Abreise in Kenntnis setzen. Und dann: Waldeck, lebe wohl!

Langsam stand Tanja auf. Sie warf noch einen letzten Blick auf den friedlich unter ihr liegenden See und machte sich dann durch den inzwischen nahezu dunklen Wald auf den Rückweg zu ihrem Auto.

Der Anruf aus dem Krankenhaus, dass Frank Hartinger vernehmungsfähig war, erreichte Kommissar Seltsam bei der zweiten Tasse Kaffee. Vor ihm lag ein Blitzer-Foto der Straßenverkehrsbehörde, das seine Assistentin ihm vor ein paar Minuten gebracht hatte. Es war am Montag um 17.16 Uhr an der Ederseerandstraße aufgenommen worden und zeigte deutlich Irene Walesch hinter dem Lenkrad ihres Wohnmobils. Die gemessene Geschwindigkeit betrug satte 87 Stundenkilometer. Seltsam schob das Foto auf die Seite. Es würde warten müssen. Ohne weitere Verzögerung verließ er sein Büro und fuhr zur Hessenklinik.

Frank Hartinger saß auf dem Rand seines Bettes und hatte gerade etwas zu essen bekommen. Die Infusionsflasche war entfernt worden und er schaute mit wachen aber ernsten Augen dem Besucher entgegen, der ihm schon vom Stationsarzt angekündigt worden war. Noch immer fiel ihm das Reden schwer. Mit heiserer Stimme beantwortete er Seltsams Fragen und berichtete leise von den Vorfällen am Tag seiner Entführung. Auch an sein Erwachen im Wohnmobil, an Irene Waleschs Geständnis, wie sie ihren Mann getötet hatte, und an ihren Selbstmordversuch erinnerte er sich.

„Sie war so voller Verzweiflung. Und im Nachhinein fühle ich mich schuldig, weil ich sie an dem Mittag auf dem Parkplatz so barsch abgefertigt habe. Aber ich wusste nicht mehr, wie ich ihren Anklagen und ungeheuerlichen Forderungen noch begegnen sollte. Immer wieder hat sie mich angerufen und damit konfrontiert. Ich habe mich wirklich oft gefragt, ob ich Harald Waleschs Schicksal hätte verhindern können, ob ich bei der Operation einen Fehler gemacht oder etwas übersehen habe. Ich habe alle Protokolle noch einmal überprüft. Aber ich habe wirklich keine Idee, was ich hätte anders machen können. Und irgendwann war ich einfach nur noch genervt von ihren ständigen Anrufen. Als sie dann vor mir stand, wollte ich nur noch weg."

Frank hatte sichtlich Mühe, die Fassung zu bewahren. Seltsam beschloss, dass es fürs Erste genug war.

Er musste abwarten, ob Irene Walesch diese Aussagen bestätigen würde. Vielleicht konnte er ja inzwischen mit ihr sprechen. Er verabschiedete sich von Frank Hartinger und verließ das Krankenzimmer.

Er hatte Glück. Irene Walesch war erwacht und der Arzt erlaubte dem Kommissar einen kurzen Besuch. Seltsam schaute die Patientin an, die blass in ihrem Kissen lag und seinem Blick auszuweichen versuchte. Offensichtlich hatte sie neben den notwendigen Medikamenten auch ein Beruhigungsmittel bekommen, das es ihr erlaubte, einigermaßen gefasst auf Seltsams Fragen zu antworten. Irene Walesch bestätigte die Aussagen Hartingers in allen Punkten. Allerdings war auch jetzt in ihrer Stimme deutlich der bittere Vorwurf gegenüber dem Arzt zu vernehmen, der sie ihrer Meinung nach in jeder Beziehung im Stich gelassen hatte.

„Wie haben Sie es geschafft, ihn auszuschalten, nachdem er sich in Ihrem Wohnmobil geweigert hatte, Ihnen zu helfen?“, wollte Hartinger wissen.

„Ich hatte Chloroform besorgt. Das ist ja heutzutage gar nicht so schwierig, wie ich ursprünglich gedacht hatte. Eigentlich wollte ich es für meinen Mann haben, für den Notfall, damit er am Schluss keine Schmerzen hat. Als wir von Hameln aufgebrochen sind, stand für uns fest, dass dies Haralds letzte Reise sein würde. Allerdings hatten wir uns den Ausgang anders vorgestellt. Ich konnte mir einfach nicht vorstellen, dass uns dieser Arzt tatsächlich so rüde abweisen würde. Er musste doch sehen, wie schlecht es Harry ging und wie ernst es uns war! Dabei hätte ich es mir denken können, dass uns dieser Scharlatan Dr. Hartinger keine Hilfe sein würde. Als dieser Feigling sich dann tatsächlich geweigert hat, uns zu helfen, fiel mir das Chloroform wieder ein, das ich in der Autotür aufbewahrt hatte. Da habe ich keine andere Möglichkeit gesehen, ihn daran zu hindern, dass er sich uns in den Weg stellt. Später habe ich ihm immer, wenn er zu sich zu kommen schien, etwas zu trinken eingeflößt und ein Schlafmittel untergemischt. Ich wollte nie, nie mehr mit ihm reden!“

Irene Walesch unterbrach ihren Redefluss.

„Warum hat er mich nicht sterben lassen?“, schluchzte sie plötzlich. „Es war auf einmal alles so friedlich. Aber er hat schon wieder alles kaputt gemacht“.

Seltsam schwieg. Der Anblick dieser Frau erschütterte ihn. Ihre Verzweiflung war echt. Abgesehen von der Strafe, die sie zweifelsohne für den Mord an ihrem Mann erwartete, würde sie einen langen Weg gehen müssen, um ihre eigenen inneren Wunden heilen zu können.

Ohne dass sie es bemerkt hatten, war der Arzt ins Zimmer getreten.

„Ich glaube, das reicht für heute!“, sagte er mit einem Blick auf die Patientin, die zitternd und mit bleichem Gesicht an die Decke starrte.

Seltsam erhob sich. „Eine, nein zwei kurze Fragen hätte ich noch!“, bat er.

Der Arzt zog die Augenbrauen hoch, erwiderte aber nichts.

Also beeilte sich Seltsam zu fragen: „Warum sind Sie am Montag mit dem Rollstuhl auf dem Parkplatz bei Asel herumgefahren?“

Wieder fing Irene Walesch an zu weinen.

„Das war am letzten Tag!“, sagte sie. „Am Morgen habe ich versucht, mit Dr. Hartinger zu telefonieren. Ich wollte ihm sagen, dass wir in der Nähe sind, damit er merkte, wie ernst es uns war mit unserer Bitte, uns zu helfen. Aber er hat einfach aufgelegt. Als ich das meinem Mann erzählt habe, ist er ausgerastet. Er hat wie verrückt auf seinem Rollstuhl rumgedroschen. Und wie immer hat er seine ganze Wut auch an mir ausgelassen. Er hat mich wieder so sehr beschimpft und mir vorgeworfen, ich hätte Hartinger nicht eindringlich genug gesagt, was wir von ihm erwarteten. Es sei meine Schuld, dass der feine Herr Doktor immer noch nicht bereit sei, endlich die Verantwortung für seinen Pfusch zu übernehmen. Und ich hätte ja keine Ahnung, wie es sei, auf so ein Gefährt angewiesen zu sein. Der Reiserollstuhl sei nicht zu gebrauchen und sowieso eine Zumutung, mit der ich ihn nur noch mehr quälen wollte. Er hat mich angeschrien, ich wollte ihn nur schikanieren und demütigen und verstünde nicht, wie er sich fühle. Harald hat mich so sehr beschuldigt und beleidigt, dass ich es schließlich nicht mehr ausgehalten habe. Ich habe mich in den Rollstuhl gesetzt und bin ein Stück damit gefahren, um ihm zu beweisen, dass daran alles in Ordnung war. Ich wollte ihm klarmachen, dass seine Beschuldigungen mir gegenüber ungerecht und gemein waren. Aber es hat nichts gebracht. Als ich zurückkam, hat er immer weiter getobt. Schließlich habe ich ihm mal wieder ein Schlafmittel gegeben, damit er endlich Ruhe gab."

Der Arzt fasste Seltsam am Arm und schob ihn leicht aber bestimmt in Richtung Tür. Aber der Kommissar schaute Irene Walesch noch einmal an und sagte: „Nur noch eine letzte Frage: Haben Sie Frau Hartinger angerufen und ihr gesagt, sie werde ihren Mann verlieren?"

Wieder nickte Irene Walesch und sagte leise: „Ich war so verzweifelt. Ich wollte, dass sie genauso leidet wie ich. Sie sollte Angst bekommen, statt zufrieden vor sich hin zu leben. Ich wollte einfach, dass es ihr auch einmal schlecht geht wegen ihrem Mann."

„Jetzt ist endgültig Schluss", sagte der Arzt energisch und schob Seltsam aus der Tür. „Kommen Sie morgen wieder, wenn Sie müssen. Aber für heute reicht es!"

Das Gespräch mit dem Kommissar hatte Frank so sehr erschöpft, dass er in einen unruhigen Schlaf fiel, sobald er wieder allein war. Als er einige Zeit später die Augen aufschlug, sah er Regine neben seinem Bett sitzen, die ihn ernst und fragend ansah. Frank versuchte ein Lächeln und griff nach ihrer Hand. Sie ließ es zu und wartete, dass er anfangen würde zu sprechen.

Zögernd begann er zu erzählen. Stockend schilderte er ihr, wie die Waleschs ihn seit langem bedrängt hatten, wie die Frau ihm schließlich aufgelauert und ihn entführt hatte und wie Harald Walesch durch die Hand seiner Frau zu Tode gekommen war. Auch was er am gestrigen Tag erlebt hatte, berichtete er. Immer wieder musste er zwischendurch eine Pause einlegen. Das Reden fiel ihm sichtbar schwer.

„Ich bin so froh, dass du da bist!“, endete er schließlich erschöpft und zog Regines Hand an seinen Mund.

„Ich bin auch froh, dass du lebst und dass alles vorbei ist,“ antwortete Regine leise. Dann schwiegen beide. Frank hatte wieder die Augen geschlossen und schmiegte sein Gesicht in die Hand seiner Frau. Sie ließ ihn gewähren, während sie ihn aufmerksam betrachtete. Alles an ihm war ihr so vertraut. Und es tat so weh, zu wissen, dass er ihr auch jetzt einen für sie so wichtigen Teil der Wahrheit verschwiegen hatte.

„Warum hast du mir nie davon erzählt, was dich bedrückt?“, fragte sie und wandte ihren Blick nicht von ihm. „Wir haben doch sonst keine Geheimnisse voreinander, oder?“

Es entging ihr nicht, dass er kurz zusammenzuckte.

„Ich wollte dich nicht beunruhigen“, antwortete er. „Und es hatte ja auch gar nichts mit uns zu tun.“ Noch immer hatte er die Augen geschlossen.

Regine entzog ihm ihre Hand.

„Und Tanja Rulberg? Hat die auch gar nichts mit uns zu tun?“, fragte sie leise.

Erschrocken öffnete Frank die Augen und schaute sie an. Mit einem Blick erfasste er, dass sie alles wusste. Und er konnte sich vorstellen, wie tief verletzt sie sein musste. Mühsam setzte er sich im Bett auf.

„Verzeih mir!“, stammelte er. „Ich weiß, wie gemein dir gegenüber das war. Aber glaub mir, ich habe das nicht geplant. Wir sind da in etwas hineingerutscht, ohne es zu wollen. Und irgendwann war es zu spät. Ich schwöre dir, ich habe nie aufgehört, dich zu lieben. Ich wollte dir niemals wehtun. Aber trotzdem habe ich mich zu Tanja hingezogen gefühlt. Ich wusste einfach nicht, was ich tun sollte.“

Regine hatte Mühe, die Tränen zurückzuhalten.

„Bitte verzeih mir!“, flüsterte Frank noch einmal. „Ich wünsche mir so, dass wir wieder miteinander glücklich werden wie früher!“

„Wie stellst du dir das vor?“, fragte Regine und sah ihn fest an. „Über drei Jahre lang hast du mich belogen. Du hast mir etwas vorgemacht, hast mich in dem Glauben gewiegt, alles sei in Ordnung zwischen uns. Und in Wirklichkeit hast du ständig nach Möglichkeiten und Ausreden gesucht, wie du mich betrügen kannst. Ich habe dir immer vertraut, Frank. Ich habe an dich geglaubt und dich bedingungslos geliebt und bewundert. Aber du hast unsere Liebe verraten. Und jetzt denkst du, mit einem ‚Verzeih mir' könnte alles wieder sein wie früher? Ich kann das nicht, Frank! Vielleicht irgendwann einmal kann ich dir wieder vertrauen. Es ist nicht so, dass ich dich nicht mehr liebe. Und ich bin durch die Hölle gegangen in den letzten Tagen vor Sorge um dich. Aber im Moment brauche ich erst einmal Abstand!"

Regine schwieg. Ihre Hände zitterten. Frank wollte seinen Arm nach ihr ausstrecken, aber sie rückte ein Stück zurück, sodass er sie nicht erreichte.

„Und wie soll es weiter gehen", fragte er leise.

„Ich weiß es nicht", antwortete sie. „Wir werden das in Ruhe überlegen und eine Entscheidung treffen, sobald es dir besser geht. Ich werde für dich da sein, wenn du meine Hilfe brauchst. Aber ich möchte im Moment nicht mit dir leben. Dafür reicht mein Vertrauen nicht mehr aus. Gib uns Zeit. Vielleicht finden wir irgendwann wieder zu einander. Aber versprechen kann ich es dir nicht."

Regine stand auf. Sie versuchte nicht mehr, ihre Tränen zu verbergen.

„Ich habe dir ein paar Sachen von zu Hause mitgebracht, die du hier brauchen wirst", sagte sie. „Ich habe sie dir in den Schrank geräumt. Leb wohl, Frank! Und pass auf dich auf!"

Sie drückte ihm fest die Hand, dann verließ sie den Raum, ohne sich noch einmal umzudrehen.

Es war früher Nachmittag, als Tanja im Krankenhaus eintraf. Vor dem Besuch bei Frank hatte sie Angst. Weder wusste sie, wie er reagieren würde, wenn sie ihm ihren Entschluss mitteilte, noch hatte sie ihre eigenen Gefühle im Griff. Außerdem musste sie damit rechnen, Regine noch einmal zu begegnen, und auch das machte sie unsicher. Sie konnte sich nicht vorstellen, wie solch ein Zusammentreffen in Franks Gegenwart ausfallen würde. Regines Sachen, die diese gestern zum Trocknen bei ihr aufgehängt hatte, hatte sie in eine Plastiktüte gepackt und mitgebracht.

Als sie Franks Zimmer betrat, stellte sie mit einer gewissen Erleichterung fest, dass sie allein waren. Sie war unendlich froh, ihn einigermaßen gesund und wohlbehalten wiederzusehen und umarmte ihn mit großer Herzlichkeit. Aber sie spürte sofort, wie bedrückt er war, und es dauerte nicht lange, bis er ihr von dem Gespräch mit Regine erzählte. Tanja war bestürzt. Mit Sicherheit hatte Regine diese Entscheidung nicht leichtfertig getroffen. Sie selbst hatte in den letzten Tagen mitbekommen, mit welcher Liebe diese sympathische Frau von ihrem Mann gesprochen hatte. Sogar nachdem sie von seinem Betrug erfahren hatte, hatte sie auf seiner Seite gestanden und ihn verteidigt, wo immer sie gefragt worden war. Was für eine starke Frau!

„Was wird jetzt aus uns?“ Frank hatte die Frage nur ganz leise gestellt. „Bleibst du noch ein paar Tage hier?“

Tanja schüttelte den Kopf und fasste nach seiner Hand. Es fiel ihr schwer zu reden, aber schließlich antwortete sie in ruhigem Ton: „Nein, Frank. Ich werde noch heute abreisen. Und ich komme auch nicht wieder hierher. Wir werden uns nicht wiedersehen. Ich habe Regine kennengelernt. Und ich kann nicht mehr mit dir zusammen sein, als gäbe es sie nicht. Sie ist eine wunderbare, ehrliche Frau, und nachdem ich das weiß, könnte ich sie nicht mehr hintergehen. Vielleicht ist eure Trennung noch nicht endgültig. Vielleicht findet ihr beide euch eines Tages wieder. Ich wünsche es dir wirklich von Herzen, dass sie dir verzeihen kann und dir irgendwann wieder vertraut. Und dass ihr vielleicht wieder glücklich werdet miteinander. Aber selbst, wenn das nicht so wäre – wir beide hätten keine Zukunft. Das ist mir in den letzten Tagen klargeworden. Es war eine wunderschöne Zeit mit dir und ich habe jeden Augenblick mit dir genossen. Aber es war trotzdem falsch, das sehe ich jetzt. Leb wohl, Frank! Ich habe dich sehr geliebt! Und ich wünsche dir, dass du irgendwann wieder glücklich wirst.“

Frank hatte die Augen gesenkt, ohne ein einziges Wort zu reden. Noch immer hielten sie sich an der Hand. Er spürte, dass es ihr ernst und ihre Entscheidung endgültig war. Jetzt schaute er sie an und sah ihre glänzenden Augen. Stumm drückte er ihre Hand. Sie erwiderte den Händedruck, dann stand sie auf, beugte sich noch einmal zu ihm und küsste ihn auf die Wange.

Erst draußen ließ sie ihren Tränen freien Lauf. Einen kurzen Moment hielt sie inne, dann ging sie zum Parkplatz und setzte sich in ihren Wagen. Als sie ihre Handtasche neben sich auf den Beifahrersitz legte, fiel ihr der kleine Leuchtturm in die Augen, den sie bei ihrer Abreise von Waldeck dort deponiert hatte. Mist! Eigentlich hatte sie den Frank schenken wollen! Aber vorhin hatte sie nicht mehr daran gedacht. Doch im Nachhinein gesehen war es ja vielleicht auch ganz gut so. Solche Abschiedsgeschenke waren wahrscheinlich nur schmerzhafte und bittere Erinnerungen an etwas, was ohne Zukunft war.

Das einzige, was sie jetzt hier noch zu erledigen hatte, war der Besuch in der Polizeistation. Bei ihrem Eintreffen stand Kommissar Seltsam im Flur und unterhielt sich angeregt mit seiner Assistentin. Als er Tanja sah, unterbrach er das Gespräch und bat sie in sein Büro. Tanja setzte sich.

„Möchten Sie einen Kaffee?“, fragte Seltsam.

Tanja nickte. Seltsam ging kurz nach draußen, um eine saubere Tasse zu holen, dann goss er ihr den Kaffee ein und nahm ihr gegenüber Platz. In knappen Worten erläuterte er ihr den Stand der Ermittlungen.

Für ihn schien der Fall inzwischen weitgehend geklärt zu sein und vermutlich würde er Tanja nicht länger benötigen. Trotzdem interessierte er sich für ihre weiteren Pläne.

„Ich werde von hier aus direkt zurück nach Freiburg fahren", sagte sie entschlossen. „Und ich werde auch nicht wiederkommen. Ich habe die Beziehung zu Frank Hartinger beendet. Es tut weh – aber es ist richtig so."

Damit stand sie auf und gab Seltsam die Hand. Dann verließ sie die Polizeistation.

Jetzt gab es kein Hindernis mehr, unverzüglich aufzubrechen.

Seltsam lehnte sich zurück. Der Stapel unerledigten Schreibkrams, der auf seinem Schreibtisch lag, war nicht kleiner geworden. Es würde noch mehrerer Tassen Kaffee bedürfen, bis er diese unangenehme Arbeit erledigt hatte. Aber falls es den Nachmittag über ruhig blieb, konnte er alles bis Dienstschluss erledigt haben. Und dann hatte er sich sicher eine Belohnung in Form eines guten Essens verdient! Das war ja immerhin ein Lichtblick! Erik stand auf und trat ans Fenster. Nachdenklich schaute er hinaus. Der Himmel hatte sich schon wieder einmal verdunkelt und ließ ein erneutes Sommergewitter erwarten. Es würde die Luft reinigen und die drückende Schwüle vertreiben. Er wollte gerade wieder an seinen

Arbeitsplatz zurückkehren, als ihm der kleine rot-weiße Leuchtturm ins Auge fiel, der neben seinem Aktenberg auf dem Schreibtisch stand ...

Plötzlich hatte er eine Idee. Es konnte sicher nicht schaden, auch das Betriebsklima ein bisschen aufzuhellen. Er verließ sein Büro und hielt Ausschau nach seiner Assistentin. Als er sie entdeckt hatte, fragte er: „Haben Sie heute Abend schon etwas vor? Ich kenne da ein nettes Lokal in Asel ..."

...Ende